W I N G S ・ N O V E L

JN077946

続・金星特急
竜血の娘②

嬉野 君
Kimi URESHINO

新書館ウィングス文庫

S H I N S H O K A N

続・金星特急　竜血の娘②

目次

「竜血の娘」STORY

８歳の時に不思議な力が発現した桜は、母親である女神・金星に犬蛇の島へと隠され七百年かけて育てられた。当時出現しつつあった老いない人々──のちの蒼眼に対抗する力をつけるためだった。百年に1歳ずつ年を取り15歳になったある日、砂鉄と三月が迎えにくる。彼らと共に島を出た桜は、対岸の港街クセールで売買仲介人をしていた蜜蜂を雇い、世界のどこかで眠る砂鉄の恋人ユースタス、三月の相棒の夏草、桜の父親の錆丸を探すことに。だが目覚めたユースタスは、砂鉄のことだけ覚えておらず……!?

CHARACTERS

桜〈さくら〉

金星と錆丸の娘。15歳。犬蛇の島で女性だけの環境で育ったため、やや世間知らず。8歳以前の記憶がない。蒼眼を無効化する力を持つ。

〈さんがつ〉三月

桜の義理の伯父。桜を溺愛している。優男風な外見ながらキレると危険。相棒の夏草を探している。

砂鉄〈さてつ〉

錆丸のかつての仲間。口が悪くて腕が立つ。恋人のユースタスの眠るグラナダを国ごと買った。36歳。

ユースタス

錆丸のかつての仲間で砂鉄の恋人。桜を守るため金星に力を貸し、七百年の眠りについていた。32歳。

蜜蜂〈みつばち〉

港街クセールの売買仲介人。実は蒼眼の一族で、ある目的を持って桜に近付く。語学に堪能。

アルちゃん

桜のペットの蜥蜴。金星特急の旅で命を落とした言語学者・アルベルト王子の魂が憑依している。饒舌で博識。

夏草〈なつくさ〉	桜の義理の伯父の一人。三月の相棒で、現在は世界のどこかで眠りについている。
錆丸〈さびまる〉	桜の父親。金星特急の旅の末に金星と結ばれ、娘の桜を守るため眠りについている。
金星〈きんせい〉	桜の母親。絶世の美女にして万能で無慈悲な女神。
伊織〈いおり〉	錆丸の父親違いの兄。桜の伯父。二百年前から音信不通。
マリア婆ちゃん	犬蛇の島での桜の世話係兼友人。

KEYWORD

【犬蛇の島】桜が育った絶海の孤島で、女の罪人の流刑地。桜の教育係として金星の友人やその子孫がひそかに送られていた。

【金星特急】金星の花婿候補を運ぶ特別列車。終点で待つ金星の元にたどり着き、花婿に選ばれればこの世の栄華は思いのままと言われていた。

【月氏(げっし)】砂鉄や三月が属していた傭兵集団。

【世界語(シージエユー)】現在最も話者の多い人造言語で、一時期全世界で使用されていた。

【蒼眼(そうがん)】人の心を操る能力を持つ一族。特徴は真っ青な眼球。短命だが容姿・頭脳・身体能力に優れ選民意識が強い。

イラストレーション◆高山しのぶ

第三話

✦

恋文乞《こ》いの獣と花

淡かった黄昏《たそがれ》が降り積もるように濃くなっていく。

アルハンブラ宮殿の天人花《アラヤネス》の中庭で、暮れゆく空を映す池。鏡のようなその水面《みなも》に、星が一つ、また一つ、と柔らかな光を落とし始めた。

夜が来る。

わずかに湿気を帯びた空気が、野薔薇《のばら》と無花果《いちじく》の香りを運んでくる。かすかに聞こえるのは、オリーブの葉ずれの音だ。

星明かりも花の香りも木々が奏《かな》でる音楽も、七百年の眠りから覚めたユースタスのために存在するかのようだった。

それほどに、彼女は美しかった。

桜《さくら》はただ息を飲み、蘇《よみがえ》ったばかりのユースタスを見つめていた。

薄闇の中で、ユースタスは柔らかな光をまとっていた。長い金髪は蜘蛛《くも》の糸みたいに細く、それ自体がわずかに発光しているかのようだ。後頭部で無造作に束《たば》ねられており、それが首の細さと長さを際立《きわだ》たせている。

すらりとした長身を包む服は白く、ところどころに金色の房飾りがある。マントの陰に見えるのは細身の剣。

砂鉄《さてつ》の恋人と聞いて桜が思い描いていたより、ずっとずっと綺麗な人だった。凛《りん》とした表情と、空とも海ともつかない青い瞳。思わず見とれてしまいそうになる。

だがユースタスは、砂鉄を覚えていないようだった。


――誰だ、君は。


彼女が砂鉄にかけた第一声がそれだったのだ。

桜は息を飲み、肩越しにそっと砂鉄を振り返った。彼の表情を確かめるのは怖かったが、予想に反して、砂鉄は無表情のままだった。黙って煙草を吸っている。

桜の肩に置かれたユースタスの手に力がこもった。まるで砂鉄からかばおうとするかのように、軽く抱き寄せられる。

「彼は誰だ、桜」

「――あの、人は」

砂鉄は、あなたの恋人で。

七百年もずっとあなたを守っていて、あなたのためにこの国を買って、アルハンブラ宮殿を整えて、再び会える日をひたすら待ち望んで。

頭の中ではそんな言葉が渦巻《うずま》くのに、桜はただ、呆然とユースタスを見上げることしか出来なかった。ようやく、絞《しぼ》り出すように言う。

「彼は……砂鉄は、一緒に旅をしてきて……あなたを、ずっと……」

待っていた。

そう続けようとしたが、口がカラカラに渇いて舌が回らない。

だがユースタスは、「一緒に旅をしてきた」という桜の言葉で、取りあえず砂鉄に危険性は無しと判断したようだった。砂鉄を凝視《ぎょうし》していた青い瞳がスッと動き、三月《さんがつ》の顔を見る。彼女は軽く握ったこぶしを口元にあてると、どこか自信なさげに呟いた。

「……三月さん？」

「えっ」

三月は目を見開いた。動揺を隠せない様子で、ちらりと横目で砂鉄を見る。

ユースタスは懐かしそうに微笑《ほほえ》んだ。

「三月さん。やはり三月さんだ。お久しぶりです」

彼女は、砂鉄のことは忘れているのに三月を覚えている。

成長した桜も一目で分かった。

――どうして。

桜も、三月も、そして砂鉄も黙り込んでいた。

何を言うべきか全く思いつかない。砂鉄の顔を見るのが怖い。

するると、それまで桜の髪でピクリとも動かなかったアルちゃんが唐突に声を発した。

「ユースタス、七百年と少しぶりですね。長い眠りから目覚めた気分はいかがですか」

ユースタスは蜥蜴《とかげ》が突然しゃべり出したことに驚いたようだが、まじまじとアルちゃんを見つめると、さらに目を丸くした。

「……アルちゃん？　君は、桜が飼っていた蜥蜴のアルちゃんではないか？」

「はい、おっしゃる通り。僕は前世で桜さんの愛玩《あいがん》動物だったようですが、現在、魂は別物です。言語学者にして元・ロヴェレート王国の第二王子と名乗れば分かって頂けるでしょうか」

アルちゃんのよどみない自己紹介に、ユースタスは驚愕の表情になった。

「アルベルト殿下⁉」

「ああ、生前は身分を煩《わずら》わしく感じていたというのに、今は殿下との尊称《そんしょう》さえ懐かしいですね。銀のスプーンに匹敵《ひってき》するほどの小さな爬《は》虫《ちゅう》類《るい》と成り果てた僕ですが、アルベルトに間違いはありませんよ」

ぽかんと口を開けたユースタスに、アルちゃんは堂々と言い放った。

「桜さんのように、君もアルちゃんと呼んで下さって結構ですよ。この姿の僕もなかなか愛らしいでしょう」

自分で自分を褒《ほ》めたアルちゃんをユースタスはしばらく呆然と見つめていたが、やがてハッと我に返り、慌ててマントを払うと地面に膝をついた。深く頭《こうべ》を垂《た》れる。

「アルベルト殿下。長《なが》のおいとまの末、再びお目にかかれまして光栄です」

ユースタスにとってアルちゃんは目上にあたるらしい。最敬礼の姿さえ、凛々《りり》しく涼やかな人だ。

「ユースタスも元気そうですね。さて、七世紀ほど眠りについていたあなたですが、少々、記憶が混乱されているようですね」

「――記憶？」

不審そうにユースタスが聞き返す。

すると、それまで黙っていた砂鉄がくるりと背を向けた。煙草を挟んだ手を軽く上げる。

「眼鏡、そいつに今の状況を説明してやれ。そのベラベラ回る口を役立てろ」

「あのですね砂鉄さん、僕に対する眼鏡呼びには断固抗議すると――」

アルちゃんは憤懣《ふんまん》やるかたない様子で桜の髪から手のひらに飛び乗り、小さな体を精一杯伸ばして文句を言おうとしたが、すぐに口をつぐんだ。

遠ざかっていく砂鉄の背中が、そうさせた。

表情も変えず、ユースタスに話しかけもしなかった彼。その心情を思うと、さすがのアルちゃんも何も言えなかったようだ。

アルちゃんは軽く溜息をつくと、まあいいでしょう、と呟き、ユースタスを見上げた。

「では、あなたが眠っていた年月のことを解説いたしましょう。僕も最近蘇ったばかりですので偉大なる歴史家ヘロドトスのように、とはいきませんが、少なくともあなたを取り巻く状況ぐらいは教えてさしあげられます」

アルちゃんがこれまでの経緯《けいい》を説明する間、ユースタスは黙って聞いていた。

驚いたことに、彼女はほとんどの出来事を覚えていた。

金星《きんせい》の願いで桜が七百年かけてゆっくり成長し、その間、自分は眠りについた。反して桜の守護者になった者たちは、七百年も世界をさまよう運命となった。

だが、砂鉄の記憶だけは抜け落ちていた。

桜も錆丸《さびまる》も、三月とその相棒の夏草《なつくさ》も、錆丸の実の兄だという伊織《いおり》も、それどころか金星特急の旅すべてを覚えているのに、なぜか砂鉄はそこにいない。聡明《そうめい》そうな女性なのに、話の整合性が取れないことにも気づいていない。

桜は西の空に沈みつつある金星を見つめた。

宵闇《よいやみ》が濃くなる時刻、山の端に沿ってわずかに残る残照《ざんしょう》の中、ひときわ明るく輝いている。

あれは、自分の母親の星。

もしかして、桜の力が足りなかったのだろうか。

女神である母の星から上手く力を引き出せなかったから、ユースタスを目覚めさせることは出来ても、記憶が抜け落ちてしまったのだろうか。

桜は深く息を吸い、金星を見上げて強く願った。ユースタスの手を握りしめる。

——お願い、思い出して。

砂鉄のことを思い出して。

彼女の青い瞳をひたと見つめ、桜は全身全霊をかけて祈った。

だが、必死な表情の桜を見て、ユースタスは違う意味に取ったようだ。桜の両肩に手を置き、アルちゃんと三月を見比べる。

「桜が不安がっている。あの隻眼《せきがん》の男は何者なのですか？　一緒に旅をしてきたそうですが、信頼に足る人物なのでしょうか」

彼女の眉が不審そうにひそめられている。

ふいに、桜の目から涙が出そうになった。

さっき砂鉄がユースタスの名を口にした時、今まで見たこともない、柔らかな目になっていた。いつもは鋭く、夜を凝縮《ぎょうしゅく》したみたいな色合いの瞳に、愛《いと》おしさが浮かんでいた。

桜はとっさに、砂鉄を捜そうかと考えた。彼が消えていった方角へ無言で足を向ける。

明日の朝、明けの明星《みょうじょう》が昇る頃にもう一度、ママの星に祈ってみる。金星の力をもっと得られれば、ユースタスの記憶を呼び覚ますことが出来るかもしれない。そう伝えようとした。

だが、その腕を三月につかまれた。黙って首を振られる。

——放っておけ。

彼の目がそう言っていた。

砂鉄とユースタスのことをほとんど知らない桜に、彼を慰《なぐさ》められるはずもない。今はそっとしておくのが一番らしい。

アルちゃんも耳元で囁く。

「砂鉄さんなら大丈夫ですよ。彼は今、ユースタスが無事に目覚めただけで安堵しているはずです」

自分のことは忘れられているのに？

つい、唇を噛んだ。砂鉄の心境を思うと、自分に何が出来るだろうかと気持ちが焦《あせ》るばかりだ。

だが、桜の髪にアルちゃんの爪が柔らかく食い込んだ。

「今は彼を一人にさせてあげましょう。金星特急で旅をした僕たちは、あなたのお母様がどれほど無慈悲な女神だったか身にしみて分かっています。とにもかくにも、七世紀もの時を経《へ》てユースタスは目覚めた。何らかの支障があるかもしれないというのは、砂鉄さんも覚悟の上だったでしょう」

覚悟の上、か。

たとえ恋人に忘れられていたとしても、樹から人間の姿に戻れたならそれでいいのか。――それが、人を愛するということなのか。

黙り込んでいると、アルちゃんがするすると桜の頭頂部に昇り、ユースタスに言った。

「砂鉄さんは、この上なく信頼のおける元傭兵《ようへい》とだけお伝えしておきましょう。月氏《げっし》の一員でした」

「月氏の？」

月氏とは、砂鉄と三月、そしていまだ行方の知れない夏草が所属していた傭兵組織らしい。

ユースタスは納得したように頷いた。

「ああ、ならば殿下や三月さんがあの男を同行させるのも分かります、優秀な傭兵なのですね。しかし、月氏が七百年経《た》ってもまだ存続しているとは驚きです」

すると、三月が笑顔で言った。

「んー、その辺はおいおい説明するよ、ユースタス。それより俺、聞きたいことがあるんだけど」

「はい、何でしょう？」

ユースタスは三月に対してはずいぶんと気安い様子だった。

砂鉄には警戒心あらわだし、目上らしいアルちゃんへは慇懃《いんぎん》な口調を崩さないが、三月にははっきり友人として接しているらしい。

だが三月からは、かすかな緊張が見て取れた。顔の形は笑っているのに、目だけは真剣だ。

彼はいったん唇を開き、何か話しかけて唇を閉じ、軽く息を吸ってからようやく言った。

「夏草――夏草ちゃんは、生きてるのかな」

彼の声は平坦だった。

瞬《まばた》きもせず、じっとユースタスを見つめている。

「夏草ちゃんの居所が分からない。七百年捜し続けてるけど、どうしても見つからない。俺が思いつく場所は全部訪ねたけど、どこにもそれらしき樹が無いんだ」

彼の微笑みは崩れなかった。

だが、その整った顔の皮一枚で、溢れ出しそうな苦悩を何とか覆《おお》い隠しているだけのようにも見えた。

「もしかして、夏草ちゃんの樹は、もう存在しないのかな。植物の状態で死んじゃったのかな。ユースタスなら不思議な力があるから、それが分かるかと思って」

断頭台の前の人。

見たこともないのに、桜はそれを連想した。三月は今、かすかな希望か完璧なる絶望かを与えられようとしているのだ。

桜もすがるようにユースタスを見た。

彼女はしばらく三月の顔を見返していたが、やがてくるりと彼に背を向けた。

「少々、お待ちを」

何をするのかと桜が見守っていると、ユースタスは中庭の塀《へい》に向かって立ち、マントで身を隠しながらゴソゴソやっていた。どうも、上着のボタンを外しているらしい。

桜が呆気《あっけ》にとられていると、彼女はシャツの胸元に自《みずか》らの手を突っ込み、何かを引っ張り出すような仕草をした。

隠し武器でも出てくるのかと思ったが、再びこちらを向いたユースタスの首に、桜は奇妙なものを見た。

さっきまでなかった紋様《もんよう》が、彼女の細い首筋に浮かんでいる。

——銀の魚？

首飾りやタトゥーなどではない。魚は彼女の皮膚の上でゆらゆらとうごめき、訪れつつある夜のとばりの中で微《かす》かに発光している。

ユースタスがスッと腕を伸ばした。

それと同時に銀の魚はユースタスの肌から飛び出し、空中を泳ぎ始めた。

驚愕で声も出ない桜の目の前で、銀の魚はゆっくりとユースタスの周りを一周し、ある方向に向けてピタリと止まった。浅瀬でまどろむ蝶々魚《ちょうちょううお》のように、尾びれだけがゆらりと揺れる。

「夏草さんの樹は生きています」

ユースタスの青い瞳に、ちらちらと淡い炎が宿っている。夏草が生きていると告げた声も、どこか遠くから響いているようだ。

「ここから北東……いえ、おおよそ東北東でしょうか。距離ははっきりと分かりませんが、この銀魚《ぎんぎょ》が指し示す方向にいます」

銀魚とユースタスの神秘的な姿に、桜は声も出なかった。おしゃべりなアルちゃんでさえ、「銀魚がアップデートしている」と呟いたきり絶句している。

三月は微動だにせず、銀魚を見つめていた。見開かれた目。瞬きもしない。

やがて、彼はどこかあどけない声で言った。

「生きてんの？」

「はい。それだけは分かります」

「そっか」

のろのろと腕を上げた三月は、無意識のように自分の口元を手で押さえた。様々な感情が溢れ出しそうになるのを、物理的に押しとどめるかのような仕草だった。目は笑っているのに泣きそうな顔。

桜は無言で彼に歩み寄り、そっと彼の腕に手を置いた。怪我した海鳥に触れる時のように、優しく指先で撫でる。

「夏草さん生きてるって。良かったね」

「どっかで大規模な山火事ってニュース聴くたびに」

三月の口元を覆っていた手が少し上がり、目元を隠した。表情がほとんど見えなくなってしまう。

「夏草ちゃんの樹が焼け死んでるんじゃないかって気が気じゃなくて。大干《かん》ばつで枯れてんじゃないか、戦乱で焼かれてんじゃないかって――」

気が、狂いそうだった。

三月はグラナダを目指す船の上でそう言った。狂えるなら狂いたかったと、泣き笑いの表情で。

やがて彼は、絞り出すような声で呟いた。

「生きてるなら、それでいい。忘れられてたって構わない」

生きてるなら、それで。

桜はそっと、砂鉄が消えた方角を見た。

彼は今、最愛の恋人から忘れられていたショックより、ユースタスが無事に蘇った安堵の方が大きいのかもしれない。それがきっと桜のまだよく知らない、恋や愛と呼ばれるものだろう。

三月はオリーブの樹にもたれて煙草を吸い出した。銀魚が指し示した空の方角をじっと見つめている。

さて、何はともあれユースタスは目覚め、夏草の無事も知れた。ならば今、自分が知りたいのは。

桜は小さく息を吸い、意を決してユースタスに尋ねた。

「ユースタスさんのその魚は、何でも分かるんですか」

「ユースタスさん、は止《や》めてくれ。何だかくすぐったい」

苦笑した彼女に、桜は首をかしげる。

「じゃあ、私はあなたを何て呼んでたんですか？」

「え——それは、その……」

なぜか頬を赤くしたユースタスの向こう側から、三月がからかい混じりの声で言う。

「ゆすたすちゃん、だよ。桜はずっとユースタスのことそう呼んでた。すっごい仲良くて、俺なんか可愛い姪《めい》っ子とられてゆすたすちゃんに妬《や》いてたからね」

ゆすたすちゃん。

その幼児じみた響きと、目の前の麗人の印象があまりにも違い、桜は面食らった。彼女と別れた時の自分は八歳だったはずだが、仲が良かったというなら今さら呼び方を変えるのも妙だろうか。

アルちゃんもどこかおかしそうな声で言う。

「ゆすたすちゃん、ですか。貴族出身にして元騎士、社交界の女性たちの憧《あこが》れであったあなたが」

ユースタスは狼狽した様子で咳払《せきばら》いしたが、照れているだけのようだった。ゆすたすちゃん呼びがイヤな様子ではないと判断し、桜は続けた。

「じゃあ、ゆすたすちゃん。その銀の魚の力で、私のパパの行方は分かりますか？」

「錆丸だな。捜してみよう」

彼女の白い指先から、再び銀魚が放たれた。

だが今度は方角を定めることなく、池の上をひらひらとさまようばかりだ。水面に青白い姿がぼんやり映り、小さな半月が揺らめいているように見える。

さっきとはまるで違う銀魚の動きに桜が不安になっていると、ユースタスは首をかしげた。

「……錆丸は生きている、とは思う。だが、はっきりした場所が分からない」

「生きている？」

その言葉に取りあえずはホッとし、桜が期待を込めてユースタスの顔を見上げると、彼女は小さくうなずいて見せた。

「距離の問題かもしれない。この銀魚の力を私も全て把握しているわけではないが、もし錆丸がグラナダよりはるか遠くにいたとしたら、感知できていない可能性もある」

するとアルちゃんも付け加えた。

「そもそも、金星さんが錆丸くんを死なせるような真似をするとは到底《とうてい》思えません。あの方は強大な力を持った無慈悲な女神ではありましたが、恋心の一途《いちず》さは凄《すさ》まじかった。錆丸くんが夏草さんより強固に保護されているため、銀魚にも発見しづらいという仮説も立てられます」

「じゃ、じゃあ伊織伯父《いおりおじ》さんは」

彼も桜の守護者として、七百年の時をさまよっているはずだった。だが二百年ほど前、砂鉄と三月と連絡が取れなくなったままそれっきりらしい。

ユースタスは難しい顔で首を振った。

「正直言って、分からない。やはり距離のせいなのか、単純に銀魚は『樹木として眠っている側』は感知できても、『七百年さまよっていた側』は捜せないのか」

「まあ、何にせよ今後の目的地は決まりましたね。まずは夏草さんを捜すため、銀魚が示す東北東へ向かいましょう」

アルちゃんの言葉に呼応《こおう》するかのように、三月が煙草を挟んだ右手を無言で掲げた。

その煙はなぜか夜目にも分かるほど白く、はっきりと東北東の方へたなびいていた。

ただ夜風の方角が変わっただけだ。偶然に過ぎない。

だが三月の苦悩する顔を見ていた桜は、その煙の流れさえ幸先《さいさき》が良く思え、まだ見ぬ夏草という人の顔を想像した。

(私の、もう一人の伯父さん)

三月の気を紛《まぎ》らわすためにも、夏草がどんな人だったのか旅の途中で話を聞くことにしよう。

グラナダの街に一人取り残された蜜蜂《みつばち》は、朝の爽《さわ》やかな青空を背景にしたアルハンブラ宮殿を見上げていた。

あの城塞《アルカサル》に砂鉄の恋人がいて、長年の病気で伏せっているらしいが、蜜蜂だけは連れて行ってもらえなかった。砂鉄と三月への借金取り立ての名目で旅の仲間に加えてもらうところまでは成功したが、まだ完全には信用されていないらしい。

昨夜、砂鉄と三月、桜（と蜥蜴）は宮殿に昇っていったが、その日のうちには戻ってこなかった。宮殿に滞在しているようだ。

砂鉄は三月に借金してまでグラナダの国全てを「買った」そうだから、実質的には領主のような存在だろう。従ってあの宮殿も砂鉄の持ち物だろうし、話を聞く限り、療養中の恋人のためだけに国も城も入手したようだ。

砂鉄がそれほど惚れ込んでいるとは、いったい、どんな女なのだろう。

二回り近く年下の同性である自分から見ても、砂鉄はいい男だと思う。三月のような甘い顔立ちとは真逆の方向ではあるが、ああいう鋭い瞳の危険そうな男に、誘蛾灯《ゆうがとう》のように惹かれる女はたくさんいる。

長期療養中と聞けば、華奢《きゃしゃ》で青白いはかなげな女を連想するのだが、どうも砂鉄の印象としっくりこない。どちらかというと、血まみれの刃を傲然《ごうぜん》と、色気たっぷりに舐《な》めとるような女が似合いそうなのだが。

アルハンブラに招待されなかったので余計に想像は膨《ふく》らむものの、街の人々から宮殿の噂を集めてもはっきりしない。内部はとっくに朽《く》ち果てて亡霊がさまよっているだの、妙な学者が集って退屈な研究をしているだの、はては、あれは城に見せかけた巨大な墓だとの噂まであった。要するに、宮殿の中に入ったことのある者が街にほとんどいないのだ。

「せめて連絡ぐらい欲しいよなあ」

何せ砂鉄の恋人は療養中とのことだし、下手したら数週間、この街から動けない可能性はある。

しばらくの滞在費を用意すべく、蜜蜂は美しい並木道を抜けて両替商へと向かった。

(めちゃくちゃ綺麗な街だな。黒髪に薔薇さした姉ちゃんたちも、みんな色っぺえ)

グラナダの街は治安がよく経済も安定しており、あちこちに両替商の看板が見える。蜜蜂自身はイスラム教徒でもキリスト教徒でもないし、銀行業に特化したユダヤ人たちとも付き合いが深かったので、誰の店でも構わない。様々な人種や民族が交わる街並みをくまなく歩き、最もレートの良さそうな両替商を選ぶと、交渉を開始する。

自分が根城としていた紅海《こうかい》沿いの街クセールで発行された小切手も、はるか遠く離れたこのグラナダの街でも換金できる。これはよほど安定した経済ルートがないと通用しないシステムで、北方の荒れた地域では小切手はおろか、通貨経済さえ成り立っていないと聞いたこともある。

手数料について散々交渉したあげく、お互いそれなりに満足する額で両替を終えた。懐《ふところ》、ターバン、腕輪の隠しポケット、サンダルの隠し底に金を分散した蜜蜂が、両替商から出てすぐのことだった。

「恋文を売りませんか」

唐突にそう声をかけられた。

奇妙な人物だった。背丈は蜜蜂の腰ほどまでしかなく、欧州《ヨーロッパ》の謝肉祭《マルティグラ》の時期でもないのに全身を覆う仮装をしている。丸い耳とガラス製の巨大な目、大きな口の中には三列にびっしり並んだ歯。ちぐはぐなのが、頭部のかぶり物は凝《こ》っているのに体は古ぼけた毛皮だけだ。何らかの獣を模《も》しているらしい。

彼は再び言った。

「持てあました恋文があるなら買いますよ。売りませんか」

大人とも子供ともつかない声だった。抑揚《よくよう》のない淡々とした口調で、しかも言っている内容が意味不明だ。

「恋文?」

「はい、想いの丈《たけ》を綴《つづ》られても困るような相手、でも捨てるのも忍びない相手、そんな人からの廃棄しづらい恋文。それらを買い取らせて頂きますよ」

蜜蜂は無言でガラス玉の目を見下ろした。

南欧には不思議な商売があるものだ。獣が路上で声をかけてきて、不要な恋文を買いたいなどと。

「恋文なんかもらったことねえよ」

「何と。あなたほど魅力的な殿方ならば、流星群の夜《よ》のごとく、恋の囁きが降り注《そそ》ぎそうなものを」

「俺の国じゃあ、女が男に手紙をつけ届ける真似なんかしたら父親に殺されるな。男が女に詩を贈ったりはあっけど」

「詩。それはまた風流な。あなたも意中の女《ひと》に詩をしたためたりするのですか」

「したため？　文字にはしねえよ、詩を歌うのさ」

すると獣は、おお、と低くうなった。

「音楽に乗せて？」

「まあ、そういう場合もあるっつうか。ていうか、何なんだよ恋文を買いたいって」

蜜蜂が不審そうに眉をひそめると、獣は胸に手をあて、ちょこんと一礼した。

「私は冬眠から覚めた熊、旅の恋文買い。海を渡り山を越え、各地を流れて恋文を集める生業《なりわい》の者でございます」

「はあ？」

冬眠から覚めた熊とは何だ、そもそもそんな商売が成り立つのか、と蜜蜂が思った時だった。

通りがかった商人風の男が、獣の前で立ち止まり、軽く頭を下げた。

「熊御前《くまごぜん》、御前はどちらから」

「ピレネーの深い山の中、熊を父に、山羊の乳搾《しぼ》りの人間を母に」

獣がそう答えると、商人は懐から取り出した財布からコインを一枚、差し出した。

「御前に喜捨《きしゃ》を」

「では、あなたには私の光る歯を」

熊御前と呼ばれた獣は、短い腕を自分の口に突っ込んだ。一本を折り取り、商人に手渡す。

「あなたに幸いあれ」

商人は熊の歯を押し戴《いただ》くと再び一礼し、去って行った。

一連のやりとりに蜜蜂が呆気にとられていると、熊御前の歯の奥からくぐもった笑い声がする。

「見たところ、あなたは欧州の方ではありませんね。私のような者をあまりご覧になったことがないのでしょうか」

「そんな珍妙な格好した奴、ご覧になったことなんてねーよ。今の何なの?」

すると熊御前は頭のかぶり物をすぽりと外した。

現れたのは男の顔だ。髪も髭《ひげ》も白髪交じりだし、どう見ても初老という年齢だが、身長は子供ほど。蜜蜂はようやく気づいた。

「あ、あんた『半分の人』か」

「あなたのお国ではそう呼ばれるので？　欧州では私のような者は『幸福の小さい人』です。先ほどのように、皆様からご喜捨を頂けば、疫病《えきびょう》よけのお守りをお渡ししております」

「はー、なるほど」

つまり、彼は民間信仰の対象か。体に欠損《けっそん》のある者が道端で喜捨を乞うのはよく見るが、この辺りでは人々が進んで「お守り」を求めるらしい。

熊御前は再び頭にかぶり物をし、三重に並んだ歯の向こう側でにっこり笑った。

「北はブリテン島から南はアルジェの砂漠まで、我々は広く信仰されておりますので路銀には困りません。おかげで恋文買いも続けられます」

「つまり、あんたの本業はお守り売りで、趣味が恋文買いか」

「ま、そのようなものです。で、あなた本当に恋文はお持ちでない？」

「ねえっつってんだろ。そもそも、これだけ人通りがある中で何で俺に声かけたんだよ？」

「それはもちろん、あなたが両替商から出ていらしたからですよ。ずいぶんと粘《ねば》り強く交渉されていたようですし、これは読み書き計算が出来るご商売の方だなとあたりをつけまして」

「何で商売人なら恋文持ってると思うんだよ」

「だって、読み書きに堪能《たんのう》な方なら手紙を持っている確率が高いでしょう。出来ない人が恋文をやり取りするなんて、聞いたことがありませんから」

「まあ、そうだな」

この辺りではどうだか知らないが、クセールでは読み書き計算が達者な者は尊敬されていた。庶民ならば、自分の名前が書けるだけで天才扱いだ。

熊御前は巨大な頭をかしげ、蜜蜂に食い下がった。

「本当に持っていらっしゃらない？　恋文ならずとも、恋文にならなかった書き損《そん》じでもいいんですよ」

「だからねえって」

「そうですか」

熊御前はがっかりしたようだったが、再び自分の歯を一本折り取ると、蜜蜂に差し出した。

「これも何かのご縁ですから、私の光る歯を差し上げましょう。ああ、ご喜捨は要《い》りません。では、旅の良い風があなたにも吹きますように」

そう言うと、熊御前はくるりと背を向けた。

頭を左右に揺らし、奇妙な節回《ふしまわ》しで歌いながら去って行く。

「アレクサンドリア、アレクサンドリア、そこには病《やまい》も老いも無し。熊の光る歯、鹿の角《つの》、兎《うさぎ》の前足なんでもあるよ」

蜜蜂はぽかんとして彼を見送った。

もらった光る歯を見下ろせば、見たことも無い材質で造られている。鏡の一種のようだ。

まあ役に立つこともあるかと懐に入れ、蜜蜂はアルハンブラ宮殿の近くまで移動した。雑踏の中に「蜜蜂亭」という名の酒場を見つけ、昼食を取ることにする。砂鉄たちと落ち合う場所を決めてはいないが、ここに居ればあちらから見つけてくれそうな気がしたのだ。

蜜蜂亭はなかなか賑《にぎ》わっており、昼間から酔った男も多く見かける。イスラム教徒は寄りつかなさそうだが、カウンターにずらりと並んだ軽食は美味《うま》そうだ。

他の客を見ていると、自由に軽食を組み合わせ、酒も自分でカップに注《つ》ぎ、盆《ぼん》をカウンターに置けば店主が金額を言う。その場で払い、好きな席で飲み食いできるというシステムらしい。

(お、車海老《くるまえび》あるじゃねえか)

薄切りしたパンに焦《こ》げ目のついた車海老が乗っており、謎のソースがかかっている。味の想像もつかないが、他の客にも人気のようだし試す価値はありそうだ。

その軽食を蜜蜂が盆に乗せた瞬間だった。

いきなり酒場が静まり返った。

店主も客も、全員が入り口を見ている。

(何だあ?)

振り返ると桜と砂鉄、三月が店に入ってくるところだった。派手な蝶《ちょう》柄の着物を羽織《はお》った少女と長身の男二人の組み合わせは異様に目立ち、店中の目を引いている。

だが彼らが静まり返ったのは、三人の後ろの人物のせいだった。

恐ろしく美しい女がいた。

金色の髪に青い瞳、白磁《はくじ》のような肌。白い制服とマントが様《さま》になっており、細身の剣も提《さ》げている。

蜜蜂は小さく口を開け、彼女をまじまじと見つめた。

あれが、砂鉄の恋人か。想像していた女と全く違うが、容姿は最上級だ。

「蜜蜂」

三月が軽く手を上げ、歩み寄ってきた。

「やっぱりここにいたか」

「あ、ああ」

期待通りあちらから見つけてくれたようだが、蜜蜂はまだ砂鉄の恋人から目を離せなかった。

こんな女が現実に存在するのか。なぜ男のような格好をしているのかは不明だが、神話から抜け出てきたかのようだ。

(綺麗すぎて抜けねえレベルだな、こりゃ)

衝撃を受けつつも不埒《ふらち》な想像をしていると、三月が苦笑した。

「あんまユースタスじろじろ見ちゃ駄目だよ、あれ砂鉄のだからね」

「いやあ、美人過ぎてビックリして」

「今からもっと驚くことになるよ多分。俺らもここで昼食にするか」

もっと驚くこととはなんぞやと思ったが、蜜蜂は取りあえず五人で座れる場所はあるかと店を見回した。あいにく、奥に一つしかないテーブルは酔っ払い数人に占拠《せんきょ》されている。賭博に興《きょう》じているようだ。

だが彼らは砂鉄と目が合ったとたん手に手にカップを持ち、そそくさとカウンターへ移った。砂鉄が顎《あご》でテーブルを示す。

「ちょうど空いたぞ」

いや、あんたが無言で脅《おど》したんじゃんと蜜蜂は思ったが口にはせず、取りあえず席を確保した。蜜蜂が店のシステムを説明すると、なぜか桜が青ざめる。

「あ、あんなにたくさん並んでる中から、ご飯を『選ぶ』……?」

「あ? 何が駄目なんだよ好きな飯とってくりゃいいだろ」

「だって、だって島では捕れたもの食べるのが当たり前で、それさえ無いことが多くて、海賊船でも、毎日同じご飯だったし」

すると、三月が笑いながら桜の背に手を添えた。

「はは、桜は飯屋に入るのも初めてなんだね。この街はご飯も美味《おい》しいよ、おいで」

四人がカウンターで料理を選ぶ間も、蜜蜂はユースタスと呼ばれた女から目を離せなかった。長期療養中だったというわりに足取りはしっかりしているし、病み上がりとは思えない。

だが蜜蜂は、それよりも妙なことに気づいた。

彼女が砂鉄と距離を取っている。

目を合わせもしない、言葉も交わさない。

桜にぴったり貼り付くように仲良く軽食を選んでいるのだが、無意識に砂鉄を避けているかのように見える。

彼女は砂鉄の恋人ではなかったのか？　ああした場面では、お互いの好物をああでもないこうでもないと楽しく選ぶものではないのか？

テーブルに戻ってからも、ユースタスは砂鉄の隣になるのを避けた。三月と桜に挟まれた椅子を選んで腰掛けている。

彼女は蜜蜂を見て微笑んだ。

「君が蜜蜂か、有能だとの話は聞いている。私はユースタスだ、よろしく」

テーブル越しに手を差し出され、蜜蜂は握手に応じた。

「こちらこそ、お見知りおきを、えーと、ユースタスさんって呼べばいいのかな」

「ユースタスでいい。皆がそう呼ぶからな」

彼女の話し方はキリッとしており、動作もどこか軍人じみていた。なぜ男装しているのかを知りたかったが、彼女を探るのはもう少し馴染《なじ》んでからでもいいだろう。

蜜蜂は、酒瓶《さかびん》と共に隣に座った砂鉄の顔をちらりと見た。

「何だ」

無表情にそう聞かれたので、小さな声で言う。

「いやあ、砂鉄の兄貴の彼女、美人さんだなと思って」

「手ェ出したら殺すぞ。出そうと思っただけでも殺す」

さっきユースタスを見るなり「綺麗すぎて抜けないタイプ」と分類してしまった蜜蜂はギクリとし、なるべく平静を保って答えた。

「手なんて出さねえって。俺、女はもっとムチムチしてる方がいいもん」

「ならいい」

素っ気なくそう言うと、砂鉄は背もたれに腕をかけて煙草を吹かし始めた。独占欲丸出しの警告をしたわりに、ユースタスの方を見ようとしない。

そしてユースタスも、並んだ軽食を嬉しそうに囓《かじ》りながらも砂鉄と目を合わせない。おしゃべりするのは桜や三月ばかりだ。

まあ痴話《ちわ》げんかの真っ最中なのだろうと解釈し、蜜蜂も自分が運んできた車海老に手を伸ばしたが、いきなり目の前に大皿をドンと置かれた。店の手伝い小僧が額《ひたい》に汗して言う。

「あいお待ち、牛テールの煮込みに鰯《いわし》と蛸《たこ》のフライ、塩漬け鱈《たら》のオムレツだよ。子豚ローストと魚介《ぎょかい》パエリアは時間がかかるから、グラナダ時間でゆっくり待って」

とたんに桜が目を輝かせ、きゃあああと小さな歓声をあげた。軽食を選ぶついでに、三月が大皿料理もあれこれ注文してきたそうだ。

その時、蜜蜂は妙なものを見た。

桜の隣に座るユースタスが、身じろぎもせずに料理を見つめている。ああ、上品そうだしこうした豪快な料理は苦手なのか、と危惧《きぐ》していると、いきなり彼女の唇の端から、タリ、とよだれが垂れた。

（えっ）

見間違いかと思って蜜蜂が目をこすった瞬間、彼女はこぶしでグイッとよだれを拭《ぬぐ》った。なのにまたすぐ、新たなヨダレが湧いてくる。目は爛々《らんらん》と大皿料理を凝視し、姿勢も何だか前のめりだ。

彼女は口の中で祈りらしきことを高速で呟くと素早く十字を切り、猛然《もうぜん》と牛テール煮込みを食べ始めた。食べ方は綺麗なのだがそのスピードは凄《すさ》まじく、次々と料理に手をつけていく。隣で幸せそうにオムレツを口に運ぶ桜の五倍のスピードだ。

大皿の数々を一瞬で平らげた彼女を蜜蜂が呆然と見つめていると、三月が苦笑した。

「初めてユースタスが食べる姿に遭遇した人って、みんなそんな顔になるよね」

蜜蜂は思わず、隣の砂鉄を見た。あれ普通なの？　と無言で問えば、黙って肩をすくめられる。

それからも料理は次々と運ばれてきたが、半分以上はユースタスの腹に消えていった。五人しかついていないテーブルなのに、注文されたのは明らかに二十人前以上はある。

他の客もこちらが気になるらしくチラチラとユースタスを見ているし、「すげえ」という感嘆混じりの声も聞こえてくる。カウンター内の店主は大忙しで料理をしながら「隣からコック借りてこい！」と叫んでいる。

桜が呑気《のんき》に言った。

「ゆすたすちゃんは、たくさん食べるのね」

「久々の食事だからな、栄養を取っておかないと」

いや久々とかいうレベルじゃねえだろ、と蜜蜂は内心突っ込みを入れたが、砂鉄や三月が何も言わないところを見ると、あの食事量がユースタスの通常らしい。初対面では神話の中の人物のようだと感じたが、食べる姿は何らかの悪い精霊《ジン》にとりつかれたかのようだ。

アルちゃんも桜の髪からテーブルに降り、衣を剝《は》がした鰯フライやオムレツの欠片《かけら》をもらっていた。

「スペイン料理は久しぶりですが、やはり美味なものですね。香辛料がきつくないのも僕にはありがたいです」

店内が騒がしいのをいいことに、アルちゃんはベラベラしゃべり続けた。

「さっきの子豚ロースト、店員がわざわざ小皿で切り分けたでしょう？　あれはナイフを使わなくても切れるぐらい柔らかいとのアピールなんですよ。皮がパリパリなのに肉はしっとりしてるのは、何度もラードを重ね塗りしてじっくり焼いたからなんです。あ、桜さん、パエリアの米粒を一つ取っていただけますか、なるべくソースの薄いところを。——ところで蜜蜂くん」

饒舌《じょうぜつ》な爬虫類からいきなり名を呼ばれ、蜜蜂は身構えた。

「何だよ」

「あなた先ほどから、魚介類とオムレツにしか手をつけていませんね。宗教上、肉食は禁じられているのですか?」

「いや全然。単に肉が嫌いなだけ」

そう答えたとたん、ユースタスと桜が同時にフォークをぽろりと落とした。呆然と口を開ける、その表情までそっくりだ。

「お、お肉が嫌いなんて、そんな人がいるの……?」

「蜜蜂、君はまだまだ育ち盛りの男子だろう。子豚の一頭ぐらい、平らげるものだろう普通は」

そんな普通聞いたことねえし、と呆れながら、蜜蜂は蛸を口に放り込んだ。モグモグしながら答える。

「港街育ちだし、食べ慣れねえもんは苦手ってだけ。出されたもんが肉しかなけりゃ食うけどさ」

桜はそれでも納得がいかないようだった。

「私なんて、お腹が苦しいけどまだお肉欲しいよ。豚って初めて食べたけど、こんなに美味しい生き物がいるなんて信じられないのに」

そう言えば桜は子豚ローストだけでなく、豚の血ソーセージや豚の脳みそフライなどというイスラム教徒が聞いたら発狂しそうな料理にも果敢《かかん》に挑《いど》んでいた。好き嫌いが無いのは結構だが、世の中には肉嫌いがいるということも知って欲しい。

蜜蜂には狂乱の宴に思えた昼食を終え、砂鉄と三月が新たな酒を用意し、桜とユースタスがシロップがけのケーキを食べ始めると、アルちゃんが「さて」と切り出した。

「蜜蜂くん、我々はこれから東北東に向けて出発します」

「東北東？　他の街に移動すんの？」

「いいえ、ある人を捜しに東北東へ向かうのです。目的地はまだ分かりません」

「はあ？」

「ちなみにその人物とは連絡が取れません。目的地までどれほどの距離があるかも分からず、従って彼がいる場所でどの言語が用いられているかも不明です。そういう訳ですので、あなたに通訳として同行して頂きたいのです」

意味不明な話だが、あちらから旅の仲間として誘われたのはありがたい。砂鉄と三月から借金を返されてしまったら、どうやって彼らにくっついていこうかと考えていたところだったのだ。

「まあ、この辺の言葉なら大体話せると思うけど……つーか、目的地不明だけど方角だけ分かるって何、占い師にでも見てもらったのかよ」

「まあ、そのようなものだと考えて頂ければ。ただし、その占い師は非常に有能ですので僕たちは信頼していますよ」

「はあ」

桜やユースタスはともかく、砂鉄や三月まで占いなんて信じるのか？　たった二人で巨大な海賊船に乗り込み、あっという間に制圧できるような男たちが？

「目的地も不明ってことは、期間も不明の旅かよ。まあ報酬《ほうしゅう》次第だな、引き受けるのは」

たとえ無報酬でもついていく気は満々だったが、そこは駆け引きだ。奇妙な旅に気乗りの無いふりを装《よそお》いながら探りを入れる。

「で、その東北東の人も病気で伏せってるとかなの？」

「おおむね、そう理解していて下さい。三月さん、地図はありますか」

そう言われた三月は、懐から無言で油紙の包みを取り出した。丁寧な手つきでそれを開けると、古そうな地図が出てくる。

テーブルに広げられた地図を見て蜜蜂がまず驚いたのは、大量の書き込みだった。びっしりと世界語《シージエユー》のメモが入り、地名も見えなくなるほどだ。

次に感心したのが、ここまで書き込まれ折り目もついているのに、紙が破れていないことだ。思わずそっと指先で撫でてみたが、ツルツルして柔らかい。こんな紙など見たこともない。

三月がトン、と地図の一点をつついた。

「ここがグラナダ。今いるとこね。で、こっから東北東の方角にずーっと向かうと」

彼は指をスッと動かすと、はるか遠くの地点を再びつついた。

「この北極海に面した半島になる。夏草ちゃんは多分ここにいる」

その声は淡々としていたが、なぜか蜜蜂は三月の顔を見てしまった。何となく尋ねる。

「夏草ちゃん、ってのは誰？　三月の兄貴に関係ある人？」

何の情報ももらっていないのに何故かそう思ってしまったのは、普段は飄々《ひょうひょう》とした笑顔を崩さない彼の目に、強い光が見えたからだ。

——希望。

昨日までは無かったそれを、三月は今、持ち始めている。

「夏草ちゃんは、俺の相棒。夏草ちゃんの生まれ故郷はもっと西の方なんだけど、彼はトナカイ遊牧民だったんだよね。夏になると何百キロも東に向けて旅するんだって。だから、この東北東にある半島も通過してたはずなんだ」

彼はいったん言葉を切り、静かに目を閉じた。そしてゆっくりと睫毛《まつげ》を上げ、自分が指さしたその半島を見つめる。瞬きもしない。

「故郷の村から東への遊牧ルート、俺は何度も何度も捜した。でもやっぱり見過ごしてたのかもしれない。たぶん、北極海の風が吹き付ける寒い場所に夏草ちゃんは立ってる」

——立っている？

夏草という人物は、病気で伏せっているのではなかったのか？

　蜜蜂が疑問を口にしようとすると、アルちゃんが割り込んできた。

「三月さんはそのルートを何度も旅したので、あの辺りの言葉なら大体話せるそうです。なので蜜蜂くんには、ロシア――ああ、今は何という地名なのか分かりませんが、そこにたどり着くまでの通訳をお願いしたいというわけです。ここからだとまずローマを目指し、中欧《ちゅうおう》、東欧を横切る形になるでしょうね」

「まあ、あの辺の奴らなら、毛皮と葡萄酒《ぶどうしゅ》の行商がクセールにも来てたから分かるけど」

　するとアルちゃんはニッコリ笑った。

「いや、実にありがたい助っ人です。僕は言語学者なのであなたにはうかがいたいことが色々あるのですよ。色々と、ね」

　その言葉に何らかの含みを感じ、さてどう返そうかと蜜蜂が考えていると、砂鉄が手のひらでいきなりアルちゃんを覆った。何をするのです、という抗議もよそに、蜜蜂に言う。

「あと、お前にはもう一つ仕事を頼む」

「ん？　砂鉄の兄貴が俺に？」

「お前は売買の仲介人《ちゅうかいにん》だな。どんな商品でも扱えると豪語《ごうご》してたはずだ」

「まあね、クセールじゃ一番って評判だったし」

「なら、グラナダを売れ。買い手を探せ」

蜜蜂は一瞬、言葉を失った。

ユースタスも驚いたように砂鉄を見て、不審そうな表情になる。

「グラナダを、売る？　君はいったい何を言っているのだ、まるでこの街を所有しているかのような――」

砂鉄は右手を軽く上げ、彼女の言葉を制した。蜜蜂の目を真っ直《ま》ぐ《す》見て、顎で地図を指す。

「もうグラナダを持ってる意味はねえからな。高額で買い取る奴を探して売りつけろ。それぐらい出来んだろ」

「ちょ、ちょっと待ってよ砂鉄の兄貴！　いくら何でも国一つ売るなんて無理に決まってんだろ！」

だが蜜蜂の抗議も空《むな》しく、砂鉄は傲然と煙草の煙を吐いた。

「やれ。なるべく早くだ、いいな」

彼の鋭い目に貫《つらぬ》かれ、蜜蜂はグッと声を飲み込んだ。初対面の時からそうだったが、とにかくこの男は、怖い。

蜜蜂は溜息と共にうなだれ、小さく「ハイ」と答えることしか出来なかった。

まずはローマという国を目指すと聞いた時、桜《さくら》は首をかしげた。

「ローマ？　すっごくすっごく大きな国だよね？　聞いたことがある」

「すっごくすっごく、大きな帝国だったのですよ、遙か遠い昔にですがね。全ての道はローマに通ず、とも言われていました」

アルちゃん曰《いわ》く、ローマは昔、西洋の中心だったらしい。歴史に燦然《さんぜん》と名を残す、偉大なる大帝国だったそうだ。

「グラナダから東北東に進むとなれば、まずはローマに向かうべきでしょう。この世界がどうなっているか僕もまだ把握はしておりませんが、地政学的にも数千年、ローマは重要な位置にありました。人類の知の結晶とも呼ぶべきあの都市は、人生で一度はその威容《いよう》を浴びるべき存在でしょう。そもそもの成り立ちはロムルスとレムスが……」

アルちゃんはベラベラとしゃべり続けたが、桜はあまり聞いていなかった。彼の話は、重要と思われる部分をかいつまんで把握しておけば十分だと学んでいたからだ。どうせ、桜が理解していないと知ればあっちから再度教えてくれる。

グラナダから地中海沿いの港街に移動し、再び船に乗った。

ローマまで定期船が出ていると宿の親父に聞いたのだが、アルちゃんが不審そうに呟く。

「ローマ、まで？　内陸の街のはずですが」

三月《さんがつ》は肩を軽くすくめた。

「まあ、行けば分かるよ。説明が難しい」

ローマへの定期便だというスループ船は、グラナダまで運んでくれた海賊船よりだいぶ小さかった。舳先《へさき》も帆《ほ》も尖っており、小回りがきく高速船だそうだ。アルちゃんが何やら解説していたが、桜はほとんど聞いていなかった。この船にも小さな猫が乗っており、それと仲良くなるので忙しかったからだ。

茶色の猫は桜にはそっぽを向いたが、なぜかユースタスに寄ってくる。

「猫はどうして、ゆすたすちゃんが好きなの？」

「たいがいにして猫は、こちらから愛想《あいそ》を振りまいても無視をする。だが人間が気のない素振りだったり、忙しく働いている時などは邪魔をしにくるのだ」

そのアドバイスを受け、桜も茶色猫を好きではないふりで離れて立ってみたりした。魚の腹の脂《あぶら》が乗った部分を手に隠し、そっと横目で彼を観察するものの、舳先でずっと海を眺めるばかりだ。桜には見向きもしない。

だが耳だけは器用に動き、様子をうかがっているのが知れた。ユースタスが寄ってきて、こそっと「仲良くなれそうか」と尋ねた時も、猫の耳がクイッとこちらを向く。

「魚のお腹が気になるみたい。触っただけでベトベトになるぐらい、脂が乗ってるの」

「ならば辛抱《しんぼう》だな。あちらから近づいてくるまで、この距離を保とう」

ユースタスとそんな内緒話をするのも、桜は楽しかった。

最初に見た時は何て綺麗な人だろうと驚いたほどだったが、凛《りん》とした表情やきびきびした所作に反してとても親しみやすい。桜に対しては基本的に笑顔だし、旅の仲間に女性が加わったことで、何だか安心できる。自分は一人っ子だと聞かされたが、お姉さんがいたらこんな感じかと思う。

二人で猫との距離をはかりつつ、甲板《かんぱん》でこそこそおしゃべりしていると、蜜蜂《みつばち》がすたすたと舳先にやって来た。

猫の隣で船縁《ふなべり》に手をかけ、空と海の色を見るついでのように猫に話しかける。

「暇そうだな」

彼が差し出した指先の匂いを、スン、とした表情で猫は嗅《か》いだ。そしてペロッと舐《な》める。猫は蜜蜂が雑な動きで顎《あご》の下をくすぐる間もじっとしていた。さらには自《みずか》ら蜜蜂にすり寄っていき、もっと撫でろと要求している。

「何で蜜蜂には触らせるの！」

桜は憤慨《ふんがい》しつつも彼に歩み寄り、腹を丸出しにゴロゴロしている猫に魚を差し出してみたが、フンと顔をそらされる。あげく、ぬるりとした動きで立ち上がって離れていった。桜には見向きもしない。

「魚……」

「腹減ってねえんだろ。お前が握りしめてぬるくなった魚なんて興味ねえんだよ、毎日新鮮なの食ってんだから」

なぜ猫は、ご馳走《ちそう》を持つ桜は無視して手ぶらの蜜蜂には触らせるのだ。ユースタスと散々、作戦を練ったのに。

「それより、話には聞いてたけどこの辺の海はやべえな」

「やべえって？」

「水が動いてねえ」

彼が船縁から指さす海面を、桜とユースタスはのぞき込んだ。何が「やべえ」のか分からないが、さっきより濁《にご》っているようだ。

「確かに海の透明度が下がってきましたね。おやそれでも、アンフォラが沈んでいるのが見えますよ」

桜の頭から身を乗り出したアルちゃんが言った。アンフォラとは何ぞや、と尋ねる前に勝手に教えてくれる。

「古代ローマ時代、帝国で広く使われていた陶製《とうせい》の壺《つぼ》です。取っ手がついているのが見えますか？　オリーブオイルやワインを入れて運搬《うんぱん》するのですよ。ああ、樽も沈んでますが魚醤《ガルム》を運んだのでしょうか。海藻《かいそう》でびっしりですが」

「あの紅藻《こうそう》は、汚れた海で繁殖《はんしょく》するやつだ。この辺の海水は死んでんな」

それは桜も、犬蛇《けんじゃ》の島にいた時から知っていた。磯《いそ》だまりで海水がよどむと、あの不吉な紅い藻《も》が大発生する。腐《くさ》ると異臭が酷《ひど》いので、島の女たちからは悪魔草と呼ばれ嫌われていた。

アルちゃんが蜜蜂を振り返り、信じられないという声で言う。

「なぜ、海水がこんなに汚れているのですか。地中海でもこの辺りはエメラルドグリーンと紺《こん》碧《ぺき》が織りなす宝石のような海だったはずです」

「知らねえよ、そもそも地中海って閉じてるから海水の循環悪《わり》ィんだろ。この辺りはそれが悪化してんじゃねえの」

「私も信じられない。サルディーニャ島周辺は高級リゾート地になるほど海が美しかったはずなのだが」

ユースタスも小さく首を振った。七百年前までこの海域の海は澄み切っていたらしいが、今は潮風に混じってあの赤い藻の腐臭《ふしゅう》もする。

だが、アルちゃんとユースタスはローマが近づくにつれさらに驚愕《きょうがく》の表情となった。二人とも船縁に貼り付き、微動だにしない。

ユースタスが呟いた。

「……ローマが、沈んでいる？」

桜にはごく普通の海岸線にしか見えないが、七百年前までローマに船で入ることは出来なかったらしい。三月によれば、何度かの大地震や地盤沈下を経《へ》てこうなったそうだ。

ローマの港はあまり活気がなく、紅藻があちこちはびこり、桟橋《さんばし》には腐った木箱が打ち捨てられていた。海中には廃墟《はいきょ》となった建物や瓦礫《がれき》の山が沈んでおり、大きな船は入れないようだ。あの立派だったクセールの港とは大違いだ。

「永遠の都ローマが……」

ユースタスは絶句した。アルちゃんは難しい顔で黙り込んだまま、じっとローマの街を見つめていたが、やがてぽつりと呟いた。

「七つの丘はかろうじて生き残っているようですね」

二人とも蜜蜂の前で余計なことは言わないが、ローマの変わりようにまだ衝撃を受けているらしい。昔はそんなに美しい都だったのだろうか。

一行はローマに降り立った。

街中もあちこち浸水しており、沈みゆく建物同士が粗末な吊り橋で連結されている。フォロ・ロマーノという古い遺跡もほとんど水没しており、紅藻がびっしり絡みついていた。

コロッセオという巨大な建物も下半分が沈んでいた。海面から突き出た部分が板や瓦礫で区切られ、貧しい人々の住居となっているようだ。コロッセオの上にも木製の建物が増築されており、凄まじい人口密度で異臭《いしゅう》が漂っている。

アルちゃんとユースタスは一言も無かった。

だが桜には、彼らが悲しんでいるのが伝わってきた。人は、他人や自然を愛するのと同じように、街や都を愛するものらしい。

三月が説明した。

「ローマ帝国時代の地下水道が陥没《かんぼつ》して、浸水しだしたのが始まり。インフラも維持《いじ》できなくなって、綺麗な水が得られないから金持ちはどんどんローマから逃げたよ。残ってるのは貧乏人ばっかり、腕《うで》っ節《ぷし》の強い奴は水道橋の天辺《てっぺん》を占拠《せんきょ》して住んでて、主要な産業は奴隷《どれい》の売買」

それを聞いたアルちゃんは、深い溜息をついた。

「重要な街道がほぼ水没しているようですね。流通が止まれば街は死にます。ろくな真水も無く、海水はよどみ、コロッセオは不衛生な貧民窟《ひんみんくつ》。疫病《えきびょう》が流行しそうですね」

「何度もしたよ。元スペイン広場の辺りは比較的清潔で、マシな宿もあるから行こうか」

五人には次から次へと物乞いが寄ってきた。

グラナダでは通じた砂鉄の威嚇《いかく》も全くの無駄で、隙あらば桜の着物に触れようとする。薄汚れた人々に群がられるのはさすがに桜も怖く、三月から肩を抱かれ、貼り付くよう歩いた。

「桜、怖がらなくてもいいよ。みんな飢《う》えてるだけだから」

「う、うん」

クセールから脱出する時に乗った船で感じた怖さとは、質が違った。あの時は周囲が男ばかりで、少年の姿をしていても欲望混じりの目で見られた。

だがこの物乞いたちは、空腹で目をギラギラさせている。痩《や》せこけた子どもが哀れで、三月に何か食べ物を買ってやってもいいかと聞いたが、絶対に駄目だと止められた。一人にでも施《ほどこ》せば数十人に取り囲まれることになるそうだ。

　蜜蜂が不思議そうに言った。

「何でこいつら、桜ばっかでユースタスの姐《あね》さんには寄ってこねえんだろ。物乞いする時は女から狙うのが鉄則なのに」

　するとユースタスはうっすら微笑《ほほえ》んだ。

「蜜蜂、桜。私に関して一つだけ、注意してもらいたい点がある。私は周囲に男性だと思われているのだ」

「は？」

「え？」

　蜜蜂と桜は同時に声をあげた。

　確かに彼女は男装しているが、どう見ても美しい女性だ。全身を隠す服を着てはいても、この顔立ちで男に間違われるはずがない。

「私にはちょっとした特殊能力があって、周囲に男性だと誤解させることが出来る。催眠術のようなものだと思ってくれ」

　催眠術なら桜も知識として知ってはいた。マリア婆ちゃんは眉唾物《まゆつばもの》だと言っていたが。

　蜜蜂が困惑したように首をかしげる。

「いや、俺、最初からユースタスの姐さんは普通に美人の姉ちゃんに見えたけど」

「それは君が、私が女性だという前情報を持っていたからだ。知ってしまえばこの催眠術は簡単に破られるが、初対面の人間には男性だと思われる」

そこで桜はようやく、銀の魚を思い出した。あんな不可思議なことが出来るユースタスなのだ、安全のため周囲に男性だと思わせるぐらい簡単だろう。

蜜蜂はまだ不審そうではあったが、一応、うなずいた。

「じゃあ人前でユースタスの姐さんとか呼んじゃいけねえんだな」

「飲み込みが早いな、蜜蜂。単にユースタスでいい」

「了解、ユースタス」

そこで桜はハッと気づいた。

「私は？　ゆすたすちゃん、って呼んでも大丈夫？」

すると彼女は優しく微笑んだ。

「ゆすたすちゃん、ぐらいなら大丈夫だ。三月さんだって相棒のことを夏草《なつくさ》ちゃんと呼んでいるし、それに」

そこでいったん言葉を切った彼女は、少し照れたように続けた。

「私は桜からそう呼ばれるのが好きなのだ。幼かった君が、舌っ足らずにゆすたすちゃん、と言うだけで、私は本当に嬉しくなった」

それを聞いた桜の胸にも、温かい喜びがじんわり湧いてきた。

自分にとってはほぼ初対面のユースタスだが、彼女は八歳までの桜を知っていて、無条件で好いていてくれる。こんな綺麗で優しい人から好意を持たれるのは、単純に嬉しい。

桜はふと、砂鉄《さてつ》の背中へ目をやった。

彼はユースタスに話しかけようとしないし、近寄ってもこない。まるで、彼女が赤の他人であるかのように振る舞っている。

そしてユースタスも、砂鉄に対する警戒心を解こうとしない。同じ男でも三月や蜜蜂には気安く接するのに、なぜ、よりによって砂鉄だけ。

——彼は、あなたの恋人だった。

そうユースタスに伝えては駄目なのだろうか。彼女が砂鉄を思い出すきっかけになるかもしれないし、記憶さえ蘇《よみがえ》れば愛も復活するだろう。

後で三月やアルちゃんに相談しようか、桜がそう考えた時だった。

一行にしつこく食い下がっていた物乞いたちの一人が突然、叫んだ。

「獣の御前《ごぜん》様たちだ！」

とたんに彼らは桜たちから離れ、一斉に駆け出した。何かを取り囲み、大騒ぎしている。

その歓声に紛《まぎ》れ、奇妙な節回《ふしまわ》しのメロディが聞こえてきた。

アレクサンドリア、アレクサンドリア

そこには病《やまい》も老いも無し
熊の光る歯、鹿の角《つの》、兎《うさぎ》の前足なんでもあるよ

笛《ふえ》や太鼓《たいこ》の賑《にぎ》やかな音に合わせ、誰かが歌っているようだ。

歌い手の声はすれど姿は見えないが、少しずつ移動しており、物乞いたちの輪も動く。

「神殿で施しを下さるらしい。急いで家族を連れてこい！」

誰かがそう叫ぶ。人の輪はどんどん大きくなり、貧しい人々の数は膨《ふく》れ上がっていく。

「この歌、聞いたことあんぞ」

蜜蜂が呟くと、三月が言った。

「欧州《ヨーロッパ》ならどこでも聞けるよ。獣の御前たちはあちこちにいるから」

「獣の御前？」

すかさず食いついたアルちゃんに、三月は苦笑した。目的地の方角を顎《あご》で示す。

「説明するより実際に見てもらった方が早い。パンテオンで施しするらしいから、俺たちも行こう」

パンテオンというのは古い時代の神殿なのだそうだ。

アルちゃんやユースタスの記憶にあるのは観光客で溢れかえった荘厳《そうごん》な姿だそうだが、桜が初めて見るその建物は、どこか異様だった。

丸いドームと何本もの太い柱を持つ神殿は下半分が水没していたが、周囲にいくつもの石塔があり、無数の吊り橋で繋がれている。まるで巨大な蜘蛛《くも》の巣のようだ。

獣の御前たちの進みは遅く、日が暮れるころにようやくパンテオンにやってきた。

彼らが最も高い吊り橋に昇った時、桜にも彼らの姿が見えた。

奇妙な格好をした人々が、楽器を手に手に歌っている。ふわふわの毛皮を羽織《はお》っていたり、角や翼が生《は》えていたりするが、みんな背が低く、頭をすっぽりかぶり物で覆《おお》っているのは共通している。

「あれ、熊御前《くまごぜん》じゃねえか」

蜜蜂が指さしたのは、アコーディオンという楽器を弾《ひ》きながら陽気に頭を振っている人物だった。熊の扮装《ふんそう》だそうだ。

「蜜蜂、知ってるの？」

「グラナダで会ったぜ。まあ、中身は別人だろうけど」

アルハンブラ宮殿に行った桜たちを待つ間、街で蜜蜂に声をかけてきたのが熊御前だったそうだ。疫病よけのお守りを売る行商人のようなものらしく、「幸福の小さい人」とも呼ばれているという。

熊御前の他は、兎御前に鹿御前、カササギ御前に獅子《しし》御前だと三月が説明した。欧州ではよく知られた動物ばかりで、扮装しているのは背の低い大人らしい。

燃えるような夕焼けを背景に、蜘蛛の巣の神殿で彼らは歌い続けた。彼らを見上げるローマの人々は一様にすがるような目をしており、両手を組み合わせて祈りを捧《ささ》げている。

熊御前がアコーディオンを演奏しながら吊り橋を降りると、人々は列をなして彼に触れた。なけなしのコインを渡した者には、熊御前がお守りとして自分の「光る歯」を与えている。他の獣の御前たちも順繰《じゅんぐ》りに吊り橋から降り、「角の欠片」や「尻尾《しっぽ》の毛」を差し出した。お守りをもらえない者も、獣の御前たちに触れてもらうだけで涙を流して喜んでいる。

「実に興味深い商売ですね。彼らのお守りは絶大な信頼があるようです」

興味津々《しんしん》のアルちゃんに、三月が言った。

「欧州で疫病が大流行して人がバッタバッタ死んでた時、なぜか『小さい人』だけがピンピンしてたんだよね。死亡率がめっちゃ低かったから、サーカスで小さい人だけ生き残ったって話もザラだった」

「ほう、特定の疾患《しっかん》を持つ人が他の病気に強いことはまれにありますね。有名なのは鎌《かま》形赤血球貧血症の患者が、致死率の高いマラリアには耐性《たいせい》があることなどです。幸福の小さい人々も何らかの免疫《めんえき》などを持っているのかもしれません」

その疫病は何度も流行を繰り返したそうだが、そのたびに小さい人々への尊敬は高まり、誰もがこぞって触れたがるようになった。やがて彼らは獣の扮装をして歌いながら欧州を旅し、喜捨《きしゃ》の代わりにお守りを渡すようになったらしい。

「あのお守りに値段は無いんだよ。金持ちは金貨を渡すし、貧乏人は銅貨を渡す。金が無ければ食べ物でもいいし、渡すものが何もなくても獣の御前たちは体に触れさせてくれる。それで十分に御利益《ごりやく》があるんだって」

「なるほど、それは民間の信仰対象となるわけです。桜さん、僕もお守りが欲しいです、誰かにコインを渡しましょう」

　桜の髪をツンツン引っ張るアルちゃんに、蜜蜂が何かを差し出した。

「熊御前の『光る歯』なら、グラナダでもらったぜ。特別にタダでやるだとさ」

　それは三角形でピカピカしており、確かに歯に見えなくもない。アルちゃんは興味津々でそれを調べ始めた。ユースタスも好奇心にかられたようで、横からのぞき込む。

「殿下、これは鏡で出来ているようですね」

「鏡には古来より魔除《まよ》けの力があると信じられてきましたし、お守りとしては上等でしょう。しかしこの材質はいったい何でしょうか。蜜蜂くん、グラナダで会った熊御前は、これをどこで入手したのでしょうか？」

「知らねえよ、欲しいとも言ってねえのに勝手に渡しやがった。あと、妙な要求されたぞ」

「妙な要求？」

　アルちゃんが聞き返した、その時だった。

　ユースタスに突然、話しかける者があった。

「恋文を売りませんか？」

熊御前だった。

いつの間に信者の輪を抜け出したのか、ユースタスを間近で見上げている。

彼女は目をぱちくりさせた。

「こ、恋文？」

「持て余した恋文など、お持ちではないですか？」

蜜蜂が驚いたように言った。

「え、その声。お前、グラナダで会った熊御前と同じ奴なの？」

「はい、吊り橋からあなたの姿を見つけましたよ、異国のお方。まさかローマでもお目にかかろうとは」

熊御前は頭のかぶり物をすぽりと取った。現れたのは初老の男の顔だ。彼はにこりと笑った。

「私、獣の御前として皆様にお守りをお渡ししつつ旅を重ねて参りましたが、その合間に趣味で恋文買いをしております」

恋文買い？

桜は呆気《あっけ》にとられた。マリア婆ちゃんが若い頃にたくさんもらったらしいから、恋文が何かは知識として知っている。だが他人のラブレターを集めたがる趣味なんて初めて聞いた。

桜だけでなく三月も、砂鉄でさえも「何だコイツ」という顔で熊御前を見下ろしている。アルちゃんは息をひそめているが、きっと好奇心で目を爛々《らんらん》と輝かせていることだろう。

熊御前は再び熊の頭をかぶると、三重になった歯の向こう側で言った。

「金の髪の騎士様、実に凛々《りり》しく美しいあなたなら、女性からの恋文が星の数ほど集まるでしょう。要《い》らぬ恋文はありませんか？」

「い、いや、あいにく私に恋文を持ち歩く習慣は……」

「そうですか、それは残念。では、可愛らしいお嬢さん」

熊御前の頭がいきなりグリンと回り、今度は桜を見上げた。

「あなたは捨てたい恋文をお持ちではないですか？　好かぬ相手から下手くそなポエムを送られ、うんざりしたりしていませんか？」

桜は困惑して答えた。

「恋文なんてもらったことないです」

「それは信じられない、あなたのように魅力的なお嬢さんならそのうち異性からの求婚が引きもきらなくなるでしょう。では、あなたはどうですか、赤毛のハンサムさん」

再び熊御前の頭がグリン、と回転した。三月に向かって一歩、足を踏み出す。

「私はこうした商売ですので人を見る目はあるんです。あなた、女性にもてるでしょう」

「え。うん、まあ。俺も女の子大好きだし」

「恋文は」

「持ってないよ、そんなもん。手紙なんてまどろっこしいじゃん」

するのと熊御前は大きく両腕を広げた。芝居がかった仕草で額《ひたい》にパン、と手をあてる。

「おお、何と嘆《なげ》かわしい！　古来よりあまたの男女がペンで恋心を綴《つづ》り、愛をしたためてきたのですよ。まどろっこしいとはあまりなおっしゃりよう。そして最後に隻眼《せきがん》のあなたと、今度は砂鉄を見上げた熊御前は、ゆっくりと一礼してみせた。

「あなたには恋文をお持ちかとは尋ねません。私の観察眼によれば、あなたは絶対に恋文を持ち歩くタイプではないと断言できるんです」

砂鉄は無言だった。煙草の端が少しだけ上がったのは、だからどうした、との意思表示のようだ。

熊御前は五人をぐるりと見回した。一人一人に視線を移しながら、猫なで声を出す。

「素敵な方々ですのに誰も恋文をお持ちではないとは。この際、恋文でなくともただの手紙でも構いません。言い値で買い取らせて頂きますよ」

すると桜の耳元でアルちゃんが囁いた。

「恋文が欲しいなら、私があなたに書いてあげましょうか。彼にそう伝えて下さい」

「え」

「彼は恋文にかなり執着しているようです。そう約束すれば、きっと色々と教えてくれると思うのです。僕は『光る歯』の入手先や彼らの歌について知りたいことがたくさんあります」

そうせっつかれたが、さすがに桜はためらった。

そもそも、恋文どころか手紙さえ書いたことがない。犬蛇の島には紙も筆記具も無かったのだ。

それに、桜はまだ恋が何だかよく分からない。それなのに文章で恋心を綴るなんて出来るわけがない。

だが好奇心でいっぱいのアルちゃんが引き下がるわけがない。桜の頭皮を爪でサク、サクとつつきながら更に言う。

「桜さん、早く早く。恋文の文章なら、僕がバイロンでもヴェルレーヌでも引用して考えてあげますから」

これ以上、蜥蜴《とかげ》の爪で頭を引っ掻かれてはハゲが出来てしまいそうだ。桜は仕方なく、熊御前に言った。

「そんなに恋文が欲しいなら、私があなたに送りましょうか?」

「何と!」

熊御前は両手を真上に突き出した。驚きの表現らしい。

「あなたが私に恋文を? 可愛らしいお嬢さん」

ユースタスが驚いた顔で桜を見ている。砂鉄や三月、蜜蜂は桜に入れ知恵したのがアルちゃんだと気づいているようだが、彼女には桜が唐突なことを言い出したように思えるだろう。

「凄《すご》く欲しそうだし……あんまり上手く書けないかもしれないけど」

「いいえ、いいえ、字の美しさや文章の技巧など二の次です！　あなたが、あなた自身の言葉で綴る恋心が見たいのです！」

彼は大喜びだった。

とてもではないが、あなたへの恋文を考えるのは本当は蜥蜴なんです、とは言えそうにない。

「きっとですよ、きっと私に恋文を下さいね。羊皮紙《ようひし》や麻布《あさぬの》じゃなくて、ちゃんと紙の手紙です。花の香りをつけて下さいね」

「あ、あの、どうやったらあなたに手紙を届けることが出来ますか？」

桜はまだ手紙のシステムがよく分からないが、手紙を配る専門の人や、旅人に金を払って届けてもらったりするらしい。だが欧州をふらふらしているらしい彼と、連絡を取るにはどうしたらいいだろう。

すると熊御前はアコーディオンを軽く鳴らし、陽気に頭を振ってみせた。

「他の熊御前を見かけたら、ピレネーの熊息子ジャンにと言付けて手紙を渡して下さい。いつか私に届きます」

「ピレネーの熊息子ジャンさんですね。——あ、あといくつか教えて欲しいことが！」

再びアルちゃんの爪から頭皮をチクチクされる前に、桜は慌てて言った。

「あなたの光る歯、珍しい鏡で出来てるみたいだけど、どこで手に入れたんですか？」

　すると熊御前は、まだ人々に取り囲まれている他の獣の御前たちへちらっと目をやった。桜に近寄ると、背伸びしながら小さな声で囁く。

「秘密の場所だから本当は誰にも教えたくはないんですが、恋文をくれるというあなたにだけ特別に。いいですか、他の獣たちには内緒ですよ。特に鹿の奴なんてずーっと私の歯を狙ってるんです」

　彼は再び辺りを見回し、ちょうどアルちゃんが留まっている桜の耳元に口を寄せた。

「バイエルンの砂漠にね、割れた鏡がたくさん埋《う》まってる場所があるんです。何でもはるか昔、太陽の光を集めて巨大な力を生み出す聖地だったそうですよ」

　砂漠がどんなところだか、桜にはよく分からなかった。砂がたくさんあるらしいが、島育ちの自分には想像もつかない。しかも、そこに鏡が埋まっている？

　アルちゃんは独り言のように呟いた。

「バイエルンには巨大な太陽光発電施設がたくさんありましたね。なるほど、反射鏡《はんしゃきょう》が遺物《いぶつ》として埋まっているのでしょうが、まさかあの豊かな地が砂漠化しているとは……」

　彼の言葉の意味はよく分からなかったが、まあ頼まずとも後で勝手に説明してくれるだろう。桜は熊御前に言った。

「あと一つ、質問してもいいですか。獣の御前さんたちが歌う、あれくさんどりあ、あれくさんどりあって歌、どういう意味ですか？」

「あの歌ですか？　さあ……他の獣の御前が歌っていたから覚えただけで、私も意味はよく知りません。ただの呼ばわり声のようなものかと」

するとと、アルちゃんが再び桜の耳に囁いた。

「どこのアレクサンドリアか、と尋ねて下さい。アレクサンドリアという地名は古来よりたくさんあるのです」

「えっと、アレクサンドリアって、どこのですか？」

アルちゃんに操《あやつ》られるまま桜が質問すると、熊御前は首をかしげた。

「さあ、どこのと聞かれましても。病も老いも無い夢のようなところだよという、お守りを売るための歌ですし。あ、でも一度だけきいたことがあります。アレクサンドリアは地名ではなく人の名だと」

「人の名前？」

「あなたはアレクサンドリアですか、と尋ねるとよいそうです。アレクサンドリアがいれば、返事をしてくれるらしいです」

アレクサンドリアは人の名前。

だが歌の中で「そこには」という言葉があるからには、場所を示しているように聞こえるのだが。

桜が考え込んでいると、熊御前は唐突に三月に向き直って言った。

「あなたはアレクサンドリアですか？」

「え、俺？」

三月はきょとんと目を見開いた。肩をすくめつつ答える。

「あいにく、そんなご大層《たいそう》な名前だったことはないなあ」

「そうですか」

それから熊息子ジャンは、桜に何度も「絶対に恋文を下さいね」と言い置き、仲間の元へ戻っていった。吊り橋の下で再び信者たちに囲まれ、頭や肩を触られている。

「ほんと変な奴」

蜜蜂がボソッと呟いた一言が、熊息子ジャンに対する全員の感想を集約しているかのようだった。悪い人ではなさそうだと桜も思うものの、言動に唐突なところがあり、会話の先が読めない。

それから一行は、スペイン広場というところにある宿に入った。三月曰《いわ》く、「ここらじゃ一番マシ」らしい。

ローマの宿は汚水《おすい》が天井や床に染み出ていたり、ベッドがネズミの巣になっていたりするそうだが、ここは水没した教会の時計塔を改造したもので、小舟でなければ近づけないので比較的安全だ。街一番の洗濯女と契約しているので、シーツもそこそこ清潔らしい。

だが、出されたスープは具がほとんどなく、パンは石のように固かった。クセールやグラナダで美味しいものをたくさん食べた後なので、どうしても比べてしまう。犬蛇の島では食うや食わずだったのに、ほんの少しの間に自分の舌がおごってしまったことを桜は反省した。

「ああ、どれだけ嘆いても嘆き足りないです。ローマは美食の街だったのですよ、ミシュランの星だけでティアラが作れそうなほどだったのに」

アルちゃんは桜がよく理解できない言葉で文句を言い続け、パンくずだけを食べた。蜜蜂もスープから異臭がすると拒否し、もそもそとパンをかじっている。

いつもと変わらなかったのはユースタスだけだった。相変わらずの勢いで食べ続け、料理人から材料切れを告げられると、一人立ち上がる。

「私はもう少し、ローマを見回ってみる。数々の教会がどうなっているか知りたいのだ」

「ゆすたすちゃん、でも、もう暗いよ？　一人は危ないよ」

心配して言うと、ユースタスは微笑んで剣の柄《つか》に手を置いた。

「大丈夫だ、桜。これでも少しは腕に覚えがあるし、私は周囲から男性だと思われている」

「でも……」

桜が少年の格好をしていた時も、よこしまな目で見られた。

ユースタスほど綺麗なら、たとえ男でもと不埒《ふらち》な思いを抱く者が現れはしないだろうか。

だがユースタスは再び大丈夫だ、と言い置くと、さっさと宿を出て行った。教会のついでに他の料理屋を探すつもりかもしれない。

すると、砂鉄も無言で立ち上がった。何も言わずに宿を出て行く。

「桜、ユースタスの心配しなくていいよ。砂鉄がついてったから」

三月に言われ、ようやく桜は砂鉄がユースタスの後を追ったのだと気がついた。気づかれないよう見守るのだろう。

桜が胸を撫で下ろしていると、蜜蜂が不審そうに尋ねる。

「なあ、砂鉄の兄貴とユースタスってデキてんじゃなかったの？　痴話《ちわ》げんかでもしてんの？」

桜は三月、アルちゃんと目を見交わした。ユースタスが砂鉄の記憶を失っていることは、蜜蜂にはまだ伝えていない。だが一緒に旅を続ける以上、隠しておくのは難しいだろう。

アルちゃんが一つ咳払《せきばら》いをし、代表して話し出した。

「蜜蜂くん。ユースタスは砂鉄さんを覚えていないのです」

「えっ、何だよそれ」

さすがに蜜蜂も驚いたようだ。男女の仲のことだからと、これまでは口出ししなかったそうだが、まさか砂鉄が忘れられているとは想像だにしなかったようだ。

「俗に記憶喪失と呼ばれる病気をご存知ですか。自分が誰だか分からなくなったり、特定の数年間だけすっぽり忘れてしまうのです」

「あー、知ってんぜ。クセールの坊さんで、階段から転がり落ちてコーラン全部忘れちまった奴がいた。他のことは全部覚えてんのに」

「まさにそれです。ユースタスは恋人である砂鉄さんだけを忘れました。他は覚えていますが、今のユースタスにとって砂鉄さんは赤の他人です。警戒しても仕方がないでしょう」

「へー、そんなんあるんだなあ」

どこか感心したように呟いた蜜蜂は、少し黙り込んだ後、ふいに言った。

「じゃあ、ユースタスはよっぽど砂鉄の兄貴のこと好きだったんだろうな。一番大事だったんだ」

一瞬、その場が静まり返った。

三月もアルちゃんも、目を見開いて蜜蜂を見ている。

桜も、彼が何を言ったのかよく分からなかった。

砂鉄のことが好きで、一番大事だから忘れてしまった？　どういう意味だろう。

蜜蜂は、三人の反応を見て逆に驚いたようだった。

「え、だってそうだろ。コーラン忘れちまった坊さんは、それが凄く大事で絶対に忘れちゃいけねえって自分に言い聞かせてたから、ショック受けたら忘れちまった」

彼は手慰《てなぐさ》みのようにパンを砕《くだ》きながら、何か考えつつ続けた。

「絶対に失いたくないものがあって、でも失うのを恐れ続けてたら、どうすりゃいい？　簡単だよ、その対象をなかったことにすんだ」

絶対に失いたくないもの。その対象をなかったことにする。

駄目だ、やはり桜には理解ができない。大事な友だちはたくさんいた。だが、彼女たちを忘れたいなんて思ったことはない。

「ユースタスは砂鉄の兄貴を失うのが怖かったんじゃねえの。だからショックで忘れちまった」

「その可能性も無くはないと思いますよ。僕は砂鉄さんとユースタスの恋人時代をほとんど知りませんが」

アルちゃんはそう言うが、桜は納得いかなかった。

ユースタスが記憶を失ったのは、目覚めさせる時に桜の力が足りなかったせいだと思っている。失うのが怖いから最愛の恋人を忘れたいと願うような、それで砂鉄を傷つけてしまうような、そんな女性ではないはずだ。

だが蜜蜂は、ユースタスが七百年も樹になっていたことなど知らない。それゆえに、一番大事な人だから忘れてしまった、なんて想像をする。

ふと、桜は蜜蜂に尋ねた。

「蜜蜂も、失うのが怖いほど誰かを好きになったことがあるの？」

一瞬、蜜蜂は動きを止めた。

ゆっくりと瞬きした後、軽く肩をすくめる。

「金だな。大好き過ぎて、失うのが怖ェ《こえ》よ」

「なるほどー」

その答えに桜が妙に感心していると、蜜蜂は、もっとマシな酒売ってねえか探してくると宿を出て行った。なぜか、話を続けたくない様子に見えた。

残ったのが三月とアルちゃんだけになると、桜は言った。

「ねえ、ゆすたすちゃんに砂鉄が恋人だってこと教えちゃ駄目かな？　それがきっかけになって、記憶を取り戻したりしないかな」

「それは僕も考えていました。記憶障害の療法にも、忘れてしまった過去を認識していくやり方はあります」

すると三月が首を振った。

「砂鉄が絶対に駄目って言うと思う」

「でも……」

「砂鉄がね、俺はあいつの髪の長さを信じるって言ってた」

——髪の長さ？

ユースタスの髪なら確かに長いが、どういう意味だろう。

「ユースタスは、金星特急の旅を終えた後は男装するのを止《や》めたんだ。普通の女の子として暮らしてた。砂鉄のためにせっせと髪を伸ばしてね、凄く嬉しそうに見えたよ」

恋人のために髪を伸ばす。

それも桜にはよく理解できない行為だった。いつか自分も恋をして、この髪を伸ばしたいと思ったりするのだろうか。

「でも、蘇《よみがえ》ったユースタスは騎士だった時代の制服に戻ってた。不思議な力で周囲に男だと思わせてた頃のね。ユースタスは男が怖いから男のふりをして自分を守ってたそうだし、今もそうしたいんだろう。でも髪だけは、砂鉄と恋人だった時の長さだ」

ユースタスは男の目から自分を守りたいから、騎士団時代の制服で蘇った。

だが髪の毛だけは、砂鉄のための長さ。

「ユースタスは、砂鉄を失うのが怖いから忘れたくて忘れるような、そんな子じゃないよ。何より砂鉄が彼女を信じてる」

三月の穏やかな口調に、桜はホッとした。やはり彼もそう思うのか。

「そうですか、三月さんがそうおっしゃるならユースタスのことは砂鉄さんに任せましょう。桜さんが生まれ育った日本には、人の恋路《こいじ》を邪魔する者は馬に蹴《け》られて死んでしまえ、という慣用句もありますし」

それを聞いた桜はおののいた。

クセールで初めて馬を見た時は、何て大きな生き物だろうと衝撃を受けたのだ。あんなのに蹴られたら間違いなく即死だろう。

自分は蜥蜴から髪の毛を引っ張られたり、頭皮をチクチクされるぐらいで十分だ。

ローマの夜は不気味なほど暗かった。

数千年前の遺跡は半壊し、闇があちこちでとぐろを巻いている。月は流れる雲でたびたび隠れ、路上生活者が焚《た》くかがり火だけが揺れている。異臭がするのは、その辺のネズミでも捕まえて焼いているからだろう。

ユースタスを追う砂鉄の目の端には、彼女の白いマントが映っている。暗闇でも目立つので、隻眼《せきがん》の自分にはありがたい。

彼女を身ぐるみ剝《は》がそうと手を伸ばす無法者は多かったが、銀魚《ぎんぎょ》の力で難なく歩いているようだ。それでも彼女から目を離したくなく、砂鉄は距離を保って追っていた。

煙草を投げ捨てると、すかさず子どもが駆け寄ってきて拾った。吸い殻《がら》を集めて巻き直し、小遣い稼《かせ》ぎに売るのだろう。梅毒《ばいどく》で鼻の欠け落ちた娼婦から「秘技館《ひぎかん》に行こう」としつこく誘われたり、怪しげな妙薬《みょうやく》売りの老婆にすがられたりしたが、全て無視して進む。

だが、彼女たちのせいでユースタスの白いマントを見失ってしまった。そう遠くに行ってはいないはずだが。

砂鉄は新しい煙草をくわえ、懐《ふところ》からマッチの缶を取りだした。

湿気《しけ》っていて火がつかない。昔のような質の良いマッチはほとんど手に入らず、少し海を渡るとすぐに駄目になってしまう。

かがり火の一つに近づいた。怯《おび》えた目で見上げる路上生活者たちに構わず、無言で煙草に火をつける。

やがて、年配の男が意を決したように砂鉄へと手を伸ばした。火を貸してやったかわりに何かよこせ、というジェスチャーだ。

彼に銅貨を渡すと、すかさず瓦礫を引っ掻《か》いて品質を確かめている。偽物を疑っているのだろう。

「この辺に、まだ生き残っている教会はあるか」

そう尋ねると、彼らは顔を見合わせた。

「生き残っている？」

「ぶち壊されてねえ、一応まだ機能してる教会だ」

数百年前の戦争でヴァチカンが崩壊したのは砂鉄も知っている。だがローマ市内に無数にあった教会がどうなったかまでは把握していない。

「さっき、白い制服の騎士にも同じことを聞かれた。祈れる場所はあるか、と」

年配の男がさらに手を突き出すので、砂鉄は煙草を一本置いた。少なくとも銅貨よりは価値があるはずだ。男は満足そうに煙草の匂いを嗅《か》ぎ、闇の向こう側を指さした。

「劇場の方に、まだ水没していない地下墓地《カタコンベ》があって、そこは教会代わりになってる」

「騎士に松明《たいまつ》をあげたら銀貨をくれた。気前のいい旦那だよ」

砂鉄は軽くうなずくと、ユースタスを追って地下墓地に向かった。はるか昔、迫害されたキリスト教徒たちが隠れて集会などを開いていた場所らしい。

地下墓地の入り口は小さな教会となっていたが、打ち壊され、酷《ひど》い落書きがされていた。神を冒瀆《ぼうとく》する言葉が連ねてある。

案の定、ユースタスはそこにいた。松明でそれを照らし、痛ましそうに顔を歪《ゆが》めている。彼女は小さく首を振ると、そっと地下墓地へと降りていった。一応、周囲への警戒は怠《おこた》っていないようだ。

砂鉄はそれから二本、煙草を吸った。あまりすぐに追いついては、彼女の警戒を強めるだけだ。

地下墓地に降りていくと、湿気と腐臭が凄《すさ》まじかった。港で大繁殖していたあの不吉な藻がここにもはびこっており、積み上げられた頭蓋骨《ずがいこつ》を覆《おお》っている。

「誰だ！」

砂鉄の気配に振り返ったユースタスが剣を抜いた。

すでに瞳は銀色に輝いており、警戒心は最大だ。

砂鉄は軽く両手をあげた。

「俺だ」

「――君か。砂鉄と言ったな、なぜここに？」

彼女は一応、旅の仲間として砂鉄を認めてはいるらしい。だが話しかけてくることはないし、二人きりになるのを警戒して常に桜や蜜蜂の側《そば》にいる。

「夜のローマは危ねえんだよ、怪我でもされちゃ困る」

「……ご心配はありがたいが、私には特殊な能力がある」

彼女は剣を収めたが、まだ瞳は銀色のままだった。砂鉄から目をそらそうとしない。

「お前が銀魚で他人を惑わせるのは知ってる。だから俺には、その能力効かねえぞ」

それどころか、七百年前までは砂鉄が彼女の銀魚を操《あやつ》ることさえあった。彼女の肌に触れ、銀魚を誘導し、瞳の上を横切らせたりしていたのだ。

「……銀魚のことは、三月さんから聞いたか」

「まあな」

「元は月氏《げっし》だったと言ったな。何位の鎖《くさり》だったのだ」

「二鎖《にさ》だ」

「――三月さんと同じか！」

彼女の目が軽く見開かれた。元月氏だとは聞いていたが、そこまで順位が高かったとは、と驚いているようだ。

彼女の言葉の端々から三月への信頼がうかがえ、ほんの少し苛《いら》ついた。

このまま大股《おおまた》で彼女に歩み寄りたい。細い背中を抱きしめたい。

七世紀も前に触れたあの髪に手をさし込み、彼女をさらに警戒させるだろう。それどころか、
だが、砂鉄が少しでもそんな気配を見せれば彼女をさらに警戒させるだろう。それどころか、
一時は克服した男性への恐怖心を蘇らせてしまう。

ユースタスは砂鉄との距離を目で測《はか》りながら、硬い声で言った。

「ならば、私は君に戦闘ではかなわないな」

「ぜってえ無理だな」

「さらに君には、銀魚の能力も通じない。——もう一度聞く、なぜ私の後をつけてきた？」

「お前に怪我されちゃ困るっつっただろうが、騎士様。いいか、桜は蒼眼《そうがん》を倒す唯一無二の能力がある。だが俺は、お前の力が蒼眼に通じるかどうかにも興味がある」

「……私の力が、か」

「お前はまだ蒼眼を見てねえだろうが、とにかく厄介《やっかい》だ。だが、お前の銀魚が蒼眼の力を打ち消せるなら、最高の武器だな」

「なるほど。君は私の能力を買ってくれているのだな」

「たった四人——あー、蜥蜴野郎も入れりゃ五人しかいねえ仲間だ、銀魚の能力は大事に守らねえとな」

——彼女を。

守りたいのは彼女の能力ではなく、ユースタスそのものだ。

今はそれを言えないが、砂鉄がユースタスを「武器」として大事に扱う分には納得してもらえるだろう。

銀色に輝いていた彼女の目が、ようやくいつもの青に戻った。松明の灯りが、瞳の中でちらちら揺れている。

「私の身を気にかけてくれることには感謝する。だが君に保護されずとも、自分で自分の身は守れるつもりだ」

彼女はマントを払い、地下墓地を見回した。人骨を組み合わせた粗末《そまつ》な祭壇にあるマリア像に目を留める。

「少し祈りたい。――一人で」

ユースタスは砂鉄と距離を保ったまそう言った。よく知らない男に対し、無防備に背を向けるのを恐れているようだ。

砂鉄は無言で軽く手をあげると、地下墓地に彼女を残し、暗い階段を昇った。雲が途切れ、月光が射してくる。

あの夜も、こんな月明かりだった。

初めて彼女に触れたのは、グラナダの小さな教会だった。頑《かたく》なな彼女の指先にキスした。彼女はマリア像の前で、泣き笑いのような表情を見せた。

懐から古い封筒を取り出す。ボロボロになってもう読めないが、ユースタスが長い眠りにつく直前、砂鉄にくれた恋文だ。

(あの熊御前の奴、俺だけは恋文持ってねえだろうとか言ってたが、不正解だな)

熊御前に絡まれた時、実はあの中で砂鉄だけが恋文を懐に忍ばせていた。

それが妙におかしくて、砂鉄は月に向かって煙を吐いた。

一行は翌日にはローマを出発し、東北東へと進んだ。ユースタスが時々、「銀魚方位磁石《ぎんぎょ》」で夏草《なつくさ》の方角を確認し、まだ通り過ぎていないことを確かめながらだ。

それでも一直線に進めるわけではなかった。戦が起こっているところもあったし、街道が崩落している箇所《かしょ》も多かった。

「なぜ、ローマだけでなく欧州《ヨーロッパ》のあちこちが地盤沈下しているのですか」

好奇心丸出しのアルちゃんには、やはり三月《さんがつ》が説明してくれた。

七百年の間に人類の文明は後退し続け、戦乱、疫病《えきびょう》でどんどん人口は減った。するとと、水資源の争奪戦がおこった。荒れた世の中では水を押さえた者が富を得る。誰もが後先考えず、ろくな調査もせずに地下水脈を掘り返した。結果、地盤沈下したり地震が起こったりし、地中海の潮《しお》の流れさえ変わったそうだ。ヴェネツィアという街が完全に水没したと聞いたアルちゃんとユースタスの嘆《なげ》きは大きかった。

「あの美しき水の都がとうとう……いつか沈むとは言われていましたが、やはりですか」

「ヴェネツィアで食べたクモガニのパスタは夢のように美味《おい》しかったのだ。私は一晩で三十回もおかわりしてしまったが、三十一皿目がもう食べられないなんて。この世の地獄ではないか」

「ヴェネツィアン・グラスの技法も失われたのでしょうね。僕が生前の身分であれば何としても復活させたものを」

「仔牛《こうし》のコロッケも素晴らしかった。レバーが刻んで混ぜてあった」

二人の嘆きはいつもポイントがずれていたが、桜《さくら》はそれを聞くたびに、自分も七百年前の世界を思い出せたらいいのにと願った。

何よりも、錆丸《さびまる》の顔を思い出したかった。

世界のどこかに父が眠っている、この旅の果てに彼が待っている。いつか父の姿も蘇ると信じて進もう。

アドリア海を渡り、川をのぼり、陸路では馬車も使った。桜は馬に蹴《け》られないかとビクビクしたが、良い御者《ぎょしゃ》がいればそんな心配はいらないそうだ。それよりも馬糞《ばふん》で滑って転ぶなと蜜《みつ》蜂《ばち》から注意された。

高い塀《へい》に囲まれた都や街では世界語《シージエユー》が通じたが、小さな村などではそれぞれの言葉を使っていた。そうした時は蜜蜂の出番で、数種類の言葉を操《あやつ》って意思の疎通《そつう》を図《はか》る。アルちゃんは蜜蜂が各地の言語を話す時は、必ず熱心に聞いていた。覚えようとしているようだ。

街道沿いでは時に野宿もしたが、たまに「とんねる宿場」があれば必ず泊まった。いったいどうやって造ったのか山に大きな穴が貫通しており、そこに簡易宿や露店《ろてん》がひしめいているのだ。桜はユースタスと共に「とんねる」を何往復も歩き、葡萄《ぶどう》の葉に包まれた挽肉《ひきにく》団子や干し葡萄《ぶどう》パイなどを腹一杯食べた。旅とは何て美味《おい》しいものだろう。

だが比較的に整備された平原の国を抜け、荒涼とした野に沼が点在する地域に入ると、一気に気温が下がった。夜はひんやりと寒く、街や村も豊かな様子ではない。貨幣《かへい》もあまり流通せず、物々交換でしか食物を得られない地域も増えてきた。

(お肉、食べたいなあ……)

桜のお腹はたびたび鳴った。パンとチーズがあれば十分だとは思うが、これまで食べたご馳《ち》走《そう》の数々が忘れられない。ユースタスの腹もよく鳴るので、二人で二重奏になることもある。

食料を得ることも難しくなり、一行はとある寒村《かんそん》で足を止めることとなった。

砂鉄《さてつ》が横柄《おうへい》に蜜蜂に言う。

「おい、さっさとグラナダの買い手も見つけろよ」

すると蜜蜂は憤《いきどお》って抗議した。

「こんな村の奴らが、あんないい国を買う金もってるわけねえじゃん！　一応、領主とか王様とかそういう奴らの情報も集めてるけどさあ！」

「いいから急げ。こいつの食費がかさんでかなわねえよ」

こいつ、と言いながら砂鉄は顎《あご》でユースタスをさした。

とたんに彼女がギクリと身を固くする。自分でも旅費のほとんどが自分の胃袋に消えている自覚はあったらしい。

「うーん、ここらでいったん旅の足止めて、俺と砂鉄で用心棒でもやって金稼《かせ》ぐかなあ。あ、ユースタスも一緒にやる？」

三月がどこかのんびり言った。

夏草が生きていると知ってからの彼には、ずいぶんと余裕が生まれた。桜に優しいのは相変わらずだが、無愛想な砂鉄と、まだ彼への警戒を解かないユースタスの間で潤滑剤の役割も果たしている。

ふと、三月の生まれはどこなのだろうと思った。

もう彼の口から何度も「夏草ちゃんの故郷」という言葉は聞いたが、三月の故郷もその近くだったりするのだろうか。

「三月はどこで生まれたの？」

何気なく質問すると、三月は、あはは、と声を出して笑った。

「知んないのー」

「えっ、そうなの⁉」

「夏草ちゃんと一緒に、捜してる途中ではあったんだよ、俺の故郷。もの凄《すご》く優秀な学者の助っ人もいたしね」

「学者？　専攻はなんだったのですか、その人物の」

話に割り込んできたアルちゃんに、三月はにやっと笑ってみせた。

「その人の正体聞いたらすんごい驚くと思うよ、王子は」

「ちょっと待って下さい、なぜもったいぶるのですか。三月さんの故郷を捜す手伝いをした学者？」

「まあ捜すの止《や》めちゃったんだけどね。夏草ちゃんがどっかで眠っちゃって、俺にとっちゃ見たこともない自分の故郷なんかより夏草ちゃん捜す方が大事だったから」

その時、どこからかアレクサンドリアの歌が聞こえてきた。

賑《にぎ》やかな音楽と、複数の歌声。獣の御前《ごぜん》一行だ。

村人たちはそれを聞くと、農作業の手を止めて教会前に集まり始めた。それぞれが小麦の袋を用意し、お布施《ふせ》しようとしているようだ。

蜜蜂が不審そうに言った。

「歌ってねえ奴がいんな」

「え？」

「誰だかは分かんねえ。人数より歌声が一つ、足んねえぞ」

相変わらずの耳の良さに桜は驚嘆《きょうたん》した。あんな賑やかな合唱の中、声の人数まで聞き分けられるなんて。

だが獣の御前も歌いたくない時ぐらいあるだろうし、喉《のど》を痛めているだけかもしれない。

それよりも桜は、一行の中にいる熊御前が気になった。陽気に太鼓《たいこ》を叩いている。

このところ桜は行く先々で熊御前を見かけるたびに、焦《あせ》りを覚えるようになっていた。

早く恋文を書いてジャンに送ってあげたいのだが、手紙の文章なんて全く浮かばない。アルちゃんは恋愛詩の古典から適当に拝借《はいしゃく》すればいいと言うが、ジャンから「あなたの言葉で恋文を書いて」と頼まれた。彼に嘘はつきたくない。

そして桜のもう一つの悩みは、紙が高価なことだった。

アルちゃん曰《いわ》く、七百年前は文明国ならどこでも紙は手に入ったそうだ。大量生産でとても安かったらしく、人々が簡単に捨てるのでそれを拾う職業まであったらしい。

だが今、紙は非常に高価だ。「機械」が無いので手作業で作らねばならず、貴族や教会の特権階級から独占されているそうだ。

従って、たとえ読み書きが出来たとしても紙の手紙を出すのは庶民《しょみん》には難しい。だからこそ憧《あこが》れる。

「ジャンは羊皮紙《ようひし》や麻布《あさぬの》ではなく必ず紙の恋文をくれと懇願《こんがん》していましたね。ステータスが高いのでしょうね」

「まずは紙を買うお金を貯めるとこから始めなきゃ」

桜は溜息をついた。

それぐらい俺が買ってあげるよ、と三月は言うのだが、桜はマリア婆ちゃんから教えられてきた。男に金を出させるのが当たり前と思う女は多いが、桜はそうなってはいけない。自分が欲しいものは自分で手に入れなければ、本当に欲しいものも手に入れられなくなると。

それに、桜はようやく金とは何か、経済とは何かがわかりかけてきた。島では自給自足だったが、早く「外の世界」に馴染《なじ》むために金を稼がなければ。

獣の御前たちの歌を見ているうちに、桜はふと、閃《ひらめ》いた。

「蜜蜂！　海賊船でもらったウード、まだ持ってるよね」

「あ？　ありゃ結構な値段すんだぞ、捨てるわけねえだろ」

「人が多いところであれを弾いてくれない？　私、また回転して踊ったらお金もらえないかな？」

「旅芸人の真似事かよ。まああれだけクルクル回れりゃ、面白がって投《な》げ銭《せん》する奴もいるかもな」

蜜蜂はしばらく何か考えていたが、やがて軽くうなずいた。

「よし、街道で旅芸人やるぞ。小銭稼ぎが目的じゃなくて、見物人集めてグラナダ買ってくれそうな金持ちの情報を探す。どの街に人が集まりやすいか、あの獣の奴らに聞くぞ」

獣の御前は欧州各地を旅して回るので情報通だ。世界語《シージエユー》だけでなく各地の言葉を数種類使える者も多いらしい。

獣の御前一行のリーダーは愛想《あいそ》の良いカササギで、蜜蜂に尋ねられるまま近隣の街の情報を教えてくれた。金を要求したりもせず、交易ルートの要所を丁寧に解説してくれる。

ふいに、桜の袖《そで》を引く者があった。

「あなたはアレクサンドリアですか?」

振り返ると、穴熊《あなぐま》の御前だった。つぶらな瞳で桜を見上げている。

「え、ええと、違います」

「そうですか。では、あの人たちはアレクサンドリアですか?」

穴熊御前は煙草を吸う砂鉄と三月、そこから少し離れたところに立つユースタスを指さした。

戸惑いながらも答える。

「違うと思います」

「そうですか。では、ご機嫌よう」

短い足でちょこちょこと歩み去る穴熊御前を見送り、アルちゃんが興味津々《しんしん》で呟いた。

「熊息子ジャンが言っていたとおりですね。アレクサンドリアは地名ではなく人名のようです」

アレクサンドリアという地名は世界中にたくさんあったそうだが、最も有名なのはエジプトという国にかつて存在した街だそうだ。古代には書物を数十万冊集めた図書館という建物に、学者がたくさんいたらしい。

「古代の英知の結晶と呼ばれ、学者の端くれであった僕もアレクサンドリアの図書館は憧れだったのですがね。しかし人名となると、想像がつきません。獣の御前たちの歴史が紡《つむ》がれゆく過程の中でその名を持つ人物がいたのかもしれません」

そんな話をしていると、さっきまでカササギ御前と話し込んでいた蜜蜂が、なぜかニヤニヤしながら戻ってきた。

「ユースタス、ちょっとお願いあんだけど」

「何だ、蜜蜂？」

ユースタスは最近、蜜蜂にはかなり甘くなった。男性に苦手意識があるという彼女だが、蜜蜂はまだまだ子どもに見えるらしい。腕っ節《うでぶし》は自分の方が強いという安心感もあるのだろう。

また彼女曰く、蜜蜂にはどこか錆丸を思い出させるところがあるそうだ。

性格は全く違うが、よく他人を観察している。蜜蜂の方が抜け目が無く頭の回転も速いが、文句を言いつつも桜の世話を焼く姿が、優しい子だった錆丸を彷彿《ほうふつ》とさせるらしい。

蜜蜂はニヤニヤ笑いを止めないまま、彼女に言った。

「俺と桜の芸人コンビにユースタスも加わってくんない？」

街道沿いの噴水広場にウードが響き渡った。

蜜蜂の甘い歌声が、はるかクセールの恋物語を紡ぐ。最初はゆっくりと、やがて一節《ひとふし》ごとに速く。

桜はその曲に乗り、ゆっくりした回転演舞から高速旋回《せんかい》までスピードを上げていった。赤い蝶《ちょう》の着物が羽根のように広がる。

蜜蜂も桜も、この中欧《ちゅうおう》の田舎町では「異国風《エキゾチック》」とされる容姿だ。珍しい音楽や着物のおかげもあり、見物客からやんやの喝采《かっさい》が飛んでくる。

海賊船で大受けした二人の芸は、この街道でもすぐに評判となった。交易ルートのど真ん中なので、行商人達が近隣の街や村で噂を広めてくれるのだ。

ダンスを終えた桜が差し出した籠《かご》には、いくつもの銅貨《どうか》が投げ入れられた。中には銀貨をくれた太っ腹な見物客もいる。

だが、桜のダンスは前座《ぜんざ》に過ぎない。本番はこれからだ。

投げ銭を回収し終えた桜は、今度は花籠に持ち替えた。噴水広場に詰めかけた女性たちに銅貨五枚で薔薇《ばら》の花を売って回り、あっという間に花籠が空になれば、蜜蜂がせっせと補充する。

「はいはい、買った買ったー。自分で持ってきた薔薇は駄目だよ、この薔薇じゃないとユー様の目に入んねえからねー」

やがて、広場に真っ白い制服のユースタスが登場すると、薔薇を買った女性たちから凄《すさ》まじい悲鳴があがった。

「ユースタス様！」

「ユー様！」

熱狂して叫ぶ彼女たちの前で、ユースタスは優雅に一礼した。黄色い声がさらなる大合唱となる。

蜜蜂が再びウードを奏《かな》で始めた。

最初はゆっくりと。そのリズムに合わせ、まずは桜が薔薇を一本、ユースタスに向かって放り投げる。

とたんに目にも留まらぬ早業《はやわざ》で抜かれた剣が、薔薇を真っ二つにした。赤い花びらがヒラヒラ飛び散り、ユースタスの肩に乗る。

ウードの速度が上がった。今度は観客の女性が三人、同時に薔薇を放り投げた。それもユースタスの剣で切り裂かれ、舞い散る花びらに女性たちは熱狂した。

音楽が速くなればなるほど、投げ入れられる薔薇の数は多くなる。舞い躍《おど》る花びらの中、金の髪と白いマントが鮮《あざ》やかに翻《ひるがえ》る。曲が最高潮に達する頃には桜もタンバリンを手に蜜蜂の曲を煽《あお》り、女性たちと一緒にユー様ユー様と叫んで盛り上げた。

とうとう興奮しすぎて失神する者まで現れた。降り注ぐ大量の薔薇にさすがのユースタスも全ては処理しきれないが、石畳《いしだたみ》に散った薔薇を踏みしだく姿さえ美しいと、女性たちが涙を流す。

ユースタスの剣舞《けんぶ》が終わると、取り囲む女性の輪に桜と蜜蜂が飛び出していって、退場の道を作った。

「ユー様にはお触り禁止だかんねー、ユー様に触れていいのは薔薇の花びらだけ！」

「ユー様は明日もこの広場に登場です、みなさん来て下さいね！」

投げ銭と薔薇の売り上げをしっかり懐に入れた蜜蜂は、笑いが止まらない様子だった。

「あー、あのカササギの御前、ほんっと良い商売教えてくれたぜ。東の国であういう大道芸があるんだと」

「ユースタスの人気が凄いからお金になるんだね」

「あーっひゃっひゃっひゃ。おい桜、紙なんざいくらでも買えるぜ、羽根ペンもいいの使えよハクがつくかんな」

寒村で出会ったカササギ御前がユースタスの美貌《びぼう》に目を留め、この花びら剣舞を勧めてくれたらしい。蜜蜂の伴奏や煽り方が上手いのもあり、ユー様の評判はうなぎ登りだ。

それに、ユースタス本人がこの芸を何食わぬ顔でやる。女性にキャーキャー言われるのに慣れているらしく、こんなことで自分の食費が稼げるなら、ぐらいに思っているらしい。いつも剣舞の後は好きなだけ食べるが、外食は禁止だと蜜蜂に厳命されている。ユー様の凛々《りり》しいイメージを守るため、大食らいだと知られたくないらしい。

やがて、どこぞの領主やお大尽《だいじん》からも声がかかるようになってきた。

蜜蜂は彼らの中からグラナダ一つポンと買えそうな金持ちを選定しようとしていたが、なかなか上手くいかないらしい。中欧からグラナダは遠すぎるし、美しく治安がいい街とあって値段の折り合いがつかないのだ。

「土地の売買は数年がかりが当たり前ですよ。砂鉄さんはせかしますが、じっくり上客《じょうきゃく》を選びましょう。さしあたってユースタスの食費は本人に稼がせているのですから」

アルちゃんはそう言うが、この頃は蜜蜂の金勘定を手伝っている桜も、まとまった金の必要性が身にしみるようになってきた。

五人もの旅だと、ちょっとしたアクシデントがあるとすぐ金に詰まる。砂鉄と三月も近隣で用心棒や傭兵《ようへい》などをして稼いではくるが、働くことでその場に足止めされる。

早くグラナダを売り、東北東への旅を再開させたい。

それが桜の願いだった。

三月は焦らないでいいよと笑うものの、早く夏草を起こしてあげたいのだ。

砂鉄と三月が留守のある日、珍しい客が吉報を運んできた。

ユー様の評判を聞きつけ、獣の御前の一団が見物にやって来たのだ。三十人以上はおり、リーダーは立派なたてがみの獅子御前だ。

桜はその中に数人の熊御前を見つけ、恋文の文面が全く思い浮かばないことに焦りを覚えたが、まずは彼らを楽しませるよう全力で前座と薔薇売りを勤め上げよう。

獣の御前たちは桜の旋回ダンスを楽器で応援し、惜しみない拍手を送ってくれた。ユー様剣舞には女性たちと一緒になって歓声をあげ、大喜びだ。ピョンピョン跳ね踊る者もいる。

だが、蜜蜂がウードを抱えたまま不審そうに言った。

「獣の中に、やっぱりしゃべんねえ奴らがいるな。歌わねえ、しゃべらねえ、ただ跳びはねて太鼓叩くだけとかな。今日は六人ぐらいいたぞ」

「えー、別にいいじゃない。いっつも歌いながら旅してるから、喉を痛めることもあるんだって、きっと」

よくあの大歓声の中で声を出さない人数まで聞き分けられるものだ。桜なんて女性の悲鳴で鼓膜《こまく》が割れそうだったのに。

獣御前たちは投げ銭も弾《はず》んでくれた。ボスの獅子《しし》御前など気前よく金貨をくれたものだから、蜜蜂は大喜びだ。

その夜のことだった。

昼間の客だった獅子御前が宿を訪ねてくると、蜜蜂に切り出した。

「何でもあなた方は、お城の買い手を探してらっしゃるそうですね」

「城と街セットだ、正直アホみてーに高《たけ》え。あんたら買ってくれんのか？」

「いえいえ、私どもではありません。とある伯爵《はくしゃく》夫人が別荘を探しておられ、彼女の依頼で欧州の良い城を見て回っているのです。獣の旅の片手間ですがね」

聞けば、その伯爵夫人の居城はここからそう遠くないようだ。急な話ではあるが、明日ならば彼女に紹介できるという。

「明日？　いくら何でも早急すぎますよ、砂鉄さんと三月さんがいない時に、あまりウロウロすべきではないと思いますが」

アルちゃんの指摘はもっともだったが、獅子御前たちは明後日《あさって》には南の砂漠に向けて旅立つそうだ。先方の都合もあるので、取り次ぎが出来るのは明日しかないらしい。

「侯爵夫人って偉い人なの？」

桜の質問に、獅子御前はよどみなく答えた。彼女は代々続く名門貴族サボルチ家の当主で、この辺の森林は全て彼女が所有している。自分の故郷を愛してはいるが、寒くて長い冬は辛《つら》い。どこか温かい土地に保養地も兼ねた別荘を求めているものの、なかなか良い物件がなかったのだそうだ。

獅子御前は懐から取りだした地図でグラナダまでの距離を確認すると、満足そうにうなずいた。

「この街でしたら条件ぴったりですね。アルハンブラ宮殿は大層《たいそう》美しいとの評判ですし、このぐらいの額はご用意できるかと」

差し出されたメモの金額を見て蜜蜂が口笛を吹くと、獅子御前はにこりと笑った。

「侯爵夫人は居城にはお金を惜しみません。街ごと売るという条件も、彼女にとっては領地が少し増えるだけのことですしね」

聞けば聞くほど良い買い手に思えた。

桜は早く旅を再開させたいし、お金はどうしても欲しい。もし夏草を無事に起こせたら旅費はさらに必要になるし、錆丸と伊織《いおり》も捜さなければならない。

アルちゃんは渋ったが、蜜蜂は取りあえずサボルチ伯爵夫人の話だけでも聞きたいと主張した。ここから日帰りできる距離だし、会うのは昼間にすればいい。

ユースタスは迷っていたようだが、民衆に尊敬されている獣の御前が話を持ってきたことと、三月のために必死になっている桜に心を動かされたようだ。

「分かった、とにかく伯爵夫人にお会いしてみよう。もし相手が嘘をついていたり、悪人だったりしても、私には分かる」

彼女は詳しく説明しなかったが、相手が嘘をついても見破れるというのは銀魚《ぎんぎょ》の力の一部らしい。それを聞いたアルちゃんも渋々、まあユースタスがいれば大丈夫だとは思いますが、と訪問を認めた。

翌朝、伯爵家から迎えによこされた馬車は豪華だった。ピカピカに磨《みが》き上げられており、細い車輪まで光っている。御者《ぎょしゃ》の制服は立派で、三つ編みにされた馬のたてがみには銀の飾り留めまでしてあった。

金で縁取《ふちど》りされた馬車の紋章《もんしょう》を見て、ふと、アルちゃんが呟く。

「この家紋《かもん》、どこかで見た覚えが……さすがに七百年経つと僕の記憶も薄れてきていますが、確か本の中で……」

馬車の中はビロードという布が敷き詰められており、ふかふかだった。桜がグラナダで食べた朝食のパンより柔らかい。

東へ東へと朝日の方角に進み、昼頃に伯爵家の領内に入ると、列をなして進む御前たちが窓から見えた。やたらと数が多い。彼らは伯爵領なら宿泊費無料で自由に移動でき、活動も手厚く支援されているそうだ。

だが、また蜜蜂が言った。

「あいつらの半数以上、歌ってねえぞ」

「え」

「アレクサンドリアの歌。黙って太鼓叩いてるだけだ」

それっきり蜜蜂は黙り込んだ。獣の御前たちの歌と足音に耳を澄ませているようだ。

馬車内に何となく不穏な空気が流れた。

アルちゃんは紋章を思い出そうと考え込んでいるし、ユースタスも難しい顔で窓の外を眺めている。昼間なのに森は鬱蒼《うっそう》と生い茂り、聞こえてくるのは途切れがちなアレクサンドリアの歌と奇妙なメロディだけだ。

最も熱心に伯爵夫人との面会を希望した桜は、段々と不安になってきた。賢いアルちゃんと強いユースタスがいるし、蜜蜂は商売の駆け引きのプロだ。相手は女の人だし、何も怖いことはないだろうと考えていたが甘かっただろうか。やはり砂鉄と三月の帰りを待ち、自力で何とか伯爵夫人に取り次ぎをつけるべきだったか。

やがて、森の中の道がふいに開けた。

馬車の窓から見えるのは、黒ずんだ外壁の古城だ。御者によれば千年以上昔に建てられたものので、妙に陰惨《いんさん》な印象を受けた。あちこちに彫《ほ》られた雨樋《あまどい》代わりの像は、歪《ゆが》んだ顔の化け物ばかりだ。尖った塔にびっしり烏《からす》が留まっているが、奇妙なことに、あのうるさい鳥が鳴き声一つ発しない。

馬車はよどんだ堀を渡り、城門をくぐった。ここにも化け物が彫られている。

何だろう。

この城に入ったとたん温度が下がった気がする。冷たい湿気が充満しており、それが皮膚にまとわりついてくるのだ。

中庭で馬車を降りると、まず目に入ったのは奇妙な台だった。頑丈《がんじょう》な木製で、柱に太いロープが下げられている。

「処刑台ですね」

アルちゃんがボソッと言った。古い城にはよくあるそうだが、桜は気味が悪くて目をそらした。まさか現役で使われている処刑台でもあるまい。

出迎えてくれた執事という男の人も、ずらりと並んだ召使いの女の子も、みな美しい顔立ちをしていた。だがニコリともせず、慇懃《いんぎん》な態度を崩さない。

石の回廊を渡り、主塔へと案内された。立派な応接の間で三人と一匹を待っていたのは、昨夜《ゆうべ》宿を訪れた獅子御前だ。

「いやあ、急な面会に応じて頂きかたじけないですね。爵位持ちの方々ですと普通はもっと形式張っているものですが、サボルチ伯爵夫人は気さくな方ですからね」

明るい調子で言われ、桜は少しホッとした。

彼は昨日と変わらず感じのいい話し方ではないか。ここが陰惨に見えるのは古い城だからで、執事や召使いが笑わないのはそういう仕事だからだ。伯爵夫人本人が気さくなら大丈夫だ、きっとそうだ。そう自分に言い聞かせる。

獅子御前は小声でいたずらっぽく言った。

「伯爵夫人はだいぶ昔に夫を亡くされ、今は若い愛人と暮らしておられます。足がお悪いのでこちらまで降りてこられませんが、北の塔でお待ちかねですよ」

その話を聞いてユースタスは少々、拍子《ひょうし》抜《ぬ》けしたらしい。若い愛人と暮らす年老いた未亡人。

獣の御前たちと親しく交わり、桜たちのような庶民《しょみん》とも気軽に会ってくれる。

彼女は桜の目を見て、安心させるよう小さく微笑《ほほえ》んだ。こそっと囁く。

「私の勘では、伯爵夫人は問題なさそうだ。銀魚も全く騒いでいない」

獅子御前に案内され、桜たちは螺旋《らせん》階段で北の塔へ登った。城で最も日当たりが悪そうなのに、どうして足の不自由な老婦人がこんな塔を好むのだろう。

「白黒時代の欧州怪奇映画みたいですよ。ノスフェラトゥでも出そうですが、逆に舞台セットじみてて安心してきました」

「ノスフェラトゥって何？」

「吸血鬼ですよ。そもそもの発祥は――」

と、いつもならここでアルちゃんの留《と》まらぬ演説が始まるところだったが、なぜか彼はピタリと口を閉ざした。じっとうずくまり、何事か考え込んでいる。

すると、さっきから黙り込んでいた蜜蜂が唐突にボソッと言った。

「歌ってなかった獣たちは、ガキなんじゃねえかと思う」

「……ガキ？　子どもってこと？」

「歌ったりしゃべったりするのは本物の『半分の人』。それにガキが混じってても全身すっぽりかぶり物だ、分かりゃしねえよ。この領内に入ってからやたらと増えたな」

「な、何でそんなこと」

「さあな」

二人のコソコソした会話は、獅子御前の声にさえぎられた。

「着きましたよ。失礼ですが、入室の前に武器を渡して頂けますか」

塔の天辺《てっぺん》で、獅子御前はそう言った。貴族に会うための礼儀らしい。

桜はためらったが、弓だけを彼に差し出した。

「あの……矢筒《やづつ》は背負っていたいんです。大事なので」

弓には代わりがあるが、ママの樹で作った大切な矢を他人に預けたくない。するとユースタスも言った。

「私の剣は儀礼用です。騎士ですので、これも制服の一部だと考えて頂きたい」

「そうですか。まあ伯爵夫人はきっとあなた方を気に入るでしょうから、多少のことは見逃してもらえるでしょう」

「気に入ってもらえる？」

「彼女は美しい人が大好きですから。あなた方三人ならば大丈夫」

獅子御前はかぶり物の下でクスクス笑った。その笑い声が桜を安心させる。

伯爵夫人に気に入ってもらって、グラナダの売買契約も結んで、夏草を捜す旅を再開させるのだ。絶対に。

「伯爵夫人、お客様をお連れいたしました」

獅子御前がそう声をかけ、重厚《じゅうこう》な扉を開いた。塔の中は異様に暗い。

窓は全て塞《ふさ》がれており、燭台《しょくだい》の灯《あか》りがあるだけだ。

「ごめんなさいね、わたくし、目を悪くしていて光に弱いのよ」

女の声がした。

だが、これは――老女ではない。

「何て可愛らしいお客様たち。こちらに来て顔をよく見せてちょうだい」

豪奢《ごうしゃ》だが古そうなこしらえの部屋の奥に寝椅子があり、女性がこしかけていた。クッションにもたれているが、背筋はピンと伸びている。声は妖艶。滑《なめ》らかで妖しい響きだ。

伯爵夫人は目元を黒いヴェールで覆っていた。

獅子御前が桜たちを紹介する間、彼女は黙って聞いていた。胸元は真珠のような光沢《こうたく》があり、薄暗い部屋でぼんやり発光しているかのようだ。彼女の声も肌も美しいのに、なぜかグロテスクな深海魚を連想してしまう。

「桜さんとおっしゃったわね。可愛らしい方、あなたの髪と目の色をわたくしに見せてちょうだいな」

「か、髪と目ですか?」

一瞬、桜はひるんだ。

だがユースタスが素早く囁いた。

「大丈夫だ、桜。彼女が桜を間近で見たいなら、必ずヴェールを上げる。彼女と視線を合わせることが出来れば、私が絶対に悪さはさせない」

「分かった」

ユースタスがそう言うなら、信じる。

桜は一歩、伯爵夫人に向かって踏み出した。逆に蜜蜂はそろそろと後退し、さりげなく退路《たいろ》を探している。何かあれば真っ先に逃げ出す気だろう。

大丈夫だ、相手は思っていたほど年老いてはいなかったが、足と目が悪い。桜はすばしっこいし、伯爵夫人に何かされるとは思えない。

「ああ、良い匂い。可愛い女の子って肌からお花の匂いがするの」

伯爵夫人はそう呟き、自《みずか》らのヴェールをそっと上げた。


蒼眼《そうがん》。


彼女の瞳は均一に塗りつぶしたような蒼だった。瞳孔《どうこう》も無い。

そして恐ろしいほどの美貌。

桜はとっさに彼女から飛びすさり、弓に矢をつがえようとした。

――が、無い。

そうだ、ついさっき獅子御前に弓を渡してしまった。

まさか、ここで蒼眼に出会うとは。

「桜、どうした！」

「ゆすたすちゃん、だめっ！」

蒼眼の瞳を見てはいけない。たとえユースタスといえど操られてしまう。

彼女は蒼眼と会うのは初めてのはずだ。だが桜のただならぬ様子で異変を悟《さと》ったらしく、すかさず自分のシャツに手を突っ込み銀魚を引き揚げる。

ユースタスの指に誘導され、銀魚は彼女の目の上を横切った。青い瞳が銀色に輝き、伯爵夫人を真《ま》っ直《す》ぐに見つめる。

だが、何も起こらなかった。銀魚の力が通用しない。

伯爵夫人は平然とクスクス笑った。

「いったいどうしたの、桜さん。わたくしにもっと、可愛い女の子の匂いを嗅《か》がせて。血の臭いも味わわせて」

とたんにアルちゃんが叫んだ。

「エリザベート・バートリ！　血の伯爵夫人！」

「殿下、まさか！　そんなことはあり得ません！」

ユースタスも声を荒げた。

「彼女は千年以上も昔の人物です！」

誰だ、そのエリザベート・バートリとは。伯爵夫人の家名はサボルチではなかったのか。

「ああ、僕は何て愚《おろ》かなのでしょう。ここは昔、トランシルヴァニア公国の存在した土地ではありませんか。あのエリザベート・バートリが六百人以上の少女を拷問《ごうもん》し、惨殺《ざんさつ》したのはこの城ではありませんか！　なぜすぐにバートリ家の紋章を思い出せなかったのか」

ユースタスがすらりと剣を抜いて叫んだ。

「蜜蜂、桜を連れて逃げろ！」

いきなり蜜蜂からグイッと襟首《えりくび》を引かれた。

だが一つしか無い出口の扉は開かなかった。――外側から鍵をかけられている。そして、獅子御前の姿は見えない。

「クソッ、あのライオン野郎！」

伯爵夫人が鈴を転がすような声で笑った。

「蜜蜂さんとおっしゃったわね。わたくしは女の子を好むけど、あなたは可愛らしいから男の子でも許してあげるわ」

舌打ちした蜜蜂は燭台を手に取り、蠟燭《ろうそく》を抜き取った。剝《む》き出しの太い針を伯爵夫人に向ける。

「桜はともかく、ユースタスはぜってーこのババァの目、まともに見んなよ！」

「承知。君は桜の防御に専念してくれ」

それを聞いた桜は、そんな場合ではないのに悔しくなった。自分は弓がなければただ守られるだけの存在。なぜ、武器を手放してしまったのか。

だが三人が反撃態勢を整えた瞬間だった。

壁にかけられていたタペストリーの陰から、誰かが現れた。

若い男だ。

長身。美しい顔。そして、蒼く光る奇妙な瞳。

二人目の蒼眼がそこにいた。――これが、伯爵夫人の愛人。

桜は頭を殴られたような衝撃を受けた。

クセールの港でも、戦場でも、蒼眼と対峙《たいじ》したことはある。だが、これほどまでの恐怖は感じなかった。

砂鉄も三月もいないのに、蒼眼が二人。桜は弓も持っていない。矢を手にして突進していく？

いや、そんなのが通用するほど蒼眼は甘くない。

桜と蜜蜂の顔に絶望が浮かぶと、伯爵夫人は忍び笑いで言った。

「紹介するわね、愛人《ミストレス》のジルよ、素敵でしょう。わたくし、血なら女の子が好きだけど、寝るのは若い男なの」

どこからか、アレクサンドリア、アレクサンドリア、の歌が聞こえてくる。塔の外で獣の御前たちが歌っているのだ。

伯爵夫人も歌い始めた。

「アレクサンドリア、アレクサンドリア、そこには老いも病《やまい》も無し。ねえ、あなたたちはアレクサンドリア？」

誰も答えなかった。

伯爵夫人はジルの首を引き寄せ、軽くキスをした。ユースタスの剣など目にも入っていない様子で、胸元から一枚の紙を取り出す。

「彼はアレクサンドリアなの。わたくしはずっと彼を捜していた」

やはり誰も返事はしなかったが、伯爵夫人はその紙を寝椅子の肘掛《ひじか》けに置いた。

「ご覧になって。あなたたちは彼をよく知っているでしょう」

しばらく部屋は無言だったが、いきなり、アルちゃんが桜の髪からするすると降りた。

床に飛び降りると素早く這い、寝椅子の肘掛けに昇る。

その紙をのぞき込んだ彼は、絶句した。

「……これは……」

何か言おうとしたアルちゃんだったが、無言でその紙をくわえて桜のもとに戻ってきた。

「桜さん、これは写真というものです。今は説明をはぶきますが、もの凄《すご》く精巧《せいこう》な似顔絵だと思って下さい」

桜の手のひらほどの大きさの紙に、その精巧な似顔絵はあった。

三月。

三月の顔がそこにある。
そしてその紙には走り書きで「アレクサンドリア」と書いてあった。

第四話

誰《た》そ彼《がれ》のアレクサンドリア

桜《さくら》はアルちゃんが「しゃしん」と呼んだ三月《さんがつ》の絵を、無言で見下ろしていた。目尻の垂《た》れた、甘く優しい顔立ち。桜に対しては常に笑顔の彼だが、この絵の中では唇を引き結び、あらぬ方角を見つめている。冷たい無表情だ。

そして、絵の下の方には走り書きで「アレクサンドリア」と書いてある。

城の外からは、獣の御前《ごぜん》たちの歌うアレクサンドリアの歌が聞こえてくる。

アレクサンドリア。歌詞だとどこかの場所を示しているようだが、人の名前なのだと熊御前《くまごぜん》のジャンは言った。あなたはアレクサンドリアかと尋ねれば、そう答える人がいるらしいと。

三月がアレクサンドリア？

それが彼の本名なのか？

それとも「父」「潜水夫《せんすいふ》」「酒飲み」などの、個人の名ではないカテゴリ名なのだろうか。

考え込んでいた桜の背に、そっと何かが触れた。

ユースタスの手だ。

彼女の手は桜の腕を静かにつかみ、いつでも引けるようにしている。とっさの時にかばえるようにするつもりらしい。

桜は息を飲んだ。

そうだ、三月のことを考えている場合ではない。おそるおそる絵から目を上げる。

窓の塞《ふさ》がれた、高い塔の天辺《てっぺん》の部屋。

燭台《しょくだい》のぼんやりした灯《あか》りの中で、アルちゃんが血の伯爵夫人と呼んだ女の真珠のような肌と、その愛人である若い男の目だけが光って見える。

——二人とも、蒼眼《そうがん》だ。

船上の戦いでは、砂鉄《さてつ》と三月の二人がかりでようやく蒼眼の軍人一人を倒すことが出来た。それも桜の能力の掩護《えんご》あってだった。

今、ここにあの強い二人はいない。

戦えそうなのは細身の剣一本のユースタスのみ。

あとは弓矢を取り上げられた桜と、商売人の蜜蜂《みつばち》、そして口が達者な蜥蜴《とかげ》、アルちゃんだけだ。

膝が震えそうになった。

扉は外側から鍵をかけられた。この大して広くもない部屋で、どこにも逃げ場が無い。

塞がれた窓の外からは、獣の御前たちによるアレクサンドリアの歌声が聞こえてくる。

数が、増えている。まさか、この塔は取り囲まれている?

ユースタスが剣をスッと上げ、サボルチ伯爵夫人へと向けた。

「我々を閉じ込めた目的は何だ」

「桜さんが可愛いからよ」

伯爵夫人は扇《おうぎ》で口元を覆《おお》い、艶然《えんぜん》と笑った。

ジルと呼ばれた愛人の男は、無表情にこちらを見ている。手慰《てなぐさ》みのようにナイフを軽く回しているのは、いつでも投げられるという無言の脅《おど》しだ。

ゆっくりと扇を閉じて胸元に押し当てた伯爵夫人は、白鳥《しらとり》のような首を優雅に傾けた。

「一人分では黄金のバスタブに足りないわ。あと十人ほど愛らしい女の子を確保してあるから、彼女たちと一緒にね。混ざって、溶け合って、私の肌を潤《うるお》してね」

彼女が何を言っているのか、桜にはよく分からなかった。

だがふいに、さっきのアルちゃんの言葉を思い出した。

――ここは、エリザベート・バートリという人が六百人以上の少女を拷問《ごうもん》し、惨殺《ざんさつ》した城だと。

アレクサンドリア、アレクサンドリア、ここには病《やまい》も老《お》いも無し。

獣の御前たちの歌は、いつの間にか大合唱になっていた。

ゾッとした。

一体、この塔の周りに何人いるのだ。

伯爵夫人と愛人ジルの蒼眼を見ないよう注意しながら、桜は小声で聞き返した。

「わ、私を殺すの」

落ち着け、と自分に言い聞かせているのに、声が震えてしまった。桜の腕に添えられたユースタスの手に、わずかな力がこもる。

「悪趣味だな」

ユースタスの声は冷静だった。最悪の状況にもかかわらず、臆《おく》した様子は無い。

すると、伯爵夫人がわざとらしい困り眉で言った。

「あなたも大層《たいそう》、美しいわね、騎士様。でも、わたくしは女の子にしか興味が無いから、あなたは蠟《ろう》で固めて観賞用にしようと思うわ。その男の子も一緒にね」

蜜蜂が小さくゲッ、と呟き、一歩後ずさった。ひっくり返った声で言う。

「お、俺も……？　マジ？」

「西の回廊の彫刻が気に入らなくてね、代わりを探していたのよ。ポーズは自分でお考えなさいな」

とたんに息を飲んだ蜜蜂は壁にドン、と背をつけ、忌々《いまいま》しそうに舌打ちした。

「あーもー、マジ、桜と関わってから俺、ろくな目にあってねえじゃねえか、何でこんなとこで死ななきゃなんねえんだよ、せめて故郷のピレネーに埋《う》められてえよ」

――ん？

ピレネー？　蜜蜂の故郷はクセールではないのか？

「ピレネーなら友達が待っててくれてんだよ、こんな薄暗い森の、陰気な城で人形になるなんて冗談じゃねえよ」

そこまで世界語《シージエユー》で言った後、蜜蜂はさらに桜には分からぬ言葉で何やら悪態《あくたい》をついた。するると、桜の肩からアルちゃんがふいに這い出し、ユースタスへ飛び移った。チョロチョロと腕を登り、彼女の耳元で何か言う。

ユースタスの剣の切っ先がわずかに揺れた。無言でゆっくりと瞼《まぶた》を下ろし、再び上げる。

了承。そう言っているように見えた。

伯爵夫人は鷹揚《おうよう》に手を振った。

「坊や。あなたは蠟で固める前に、すももの砂糖漬けをお腹いっぱい食べさせるわ。その後、上等な葡萄酒《ぶどうしゅ》で酔わせてもあげるから、苦痛はなくってよ」

彼女は葡萄酒をゆっくりとあおると、愛人ジルの腕に頭をもたれさせた。

「ジルはね、わたくしの愛人《ミストレス》でもあり護衛でもあるの。蒼眼はみな、戦闘力が高いのはご存じでしょうけど、彼は軍事訓練も受けているわ。余計な抵抗をしようなどと考えないでね、あなたたちの体に傷をつけたくないの」

芝居がかった動作で、彼女は悲しげに首を振った。

「——あなたたちには、美しいままで天に召されて欲しいのよ」

とたんに蜜蜂はよろめいた。

絶望に染め上げられた顔で、一歩、後ずさる。彼は震える声で呟いた。

「女に殺されたら俺、天国に行けねえんだよ、そういう宗教なの。女に殺されるぐらいなら自害しねえと駄目で」

そう言いながら彼は燭台を握り直し、針状の蠟燭立てを自分の喉元に突きつけた。

桜は驚いて燭台を取り上げようとした。

「駄目、蜜蜂！」

「止めるな、俺は天国に行きてえんだよ！」

そう叫んだ彼が燭台を思いっきり投げたのと、ユースタスの手がひらりと動いたのは同時だった。

いきなり腕を強く引かれた桜は転びそうになったが、窓へと引きずられる。

投げられた燭台が窓を塞ぐ板を割っていた。——太陽の光が射し込んでいる。

「跳ぶぞ！」

蜜蜂が叫び、桜の腕をつかんだまま塔の窓の縁《へり》を思いっきり蹴《け》った。

空。

太陽。

一瞬、桜の体は宙に浮き、すぐさま落下を始めた。黒い森が見える。

ユースタスも窓縁に足をかけ、振り向きざまにジルへと剣を投げつけながら、思いっきり跳んだ。

真下へ目をやる。

森がぐんぐん迫《せま》ってくる。

あと一秒で――死。

覚悟した桜が目を閉じた瞬間、体に凄《すさ》まじい衝撃が走った。

重く沈み、また宙に跳ね、また沈む。

「⁉」

ガバッと起き上がった。

目の前には蜜蜂、隣にはユースタス。そして三人の下にあるのは――網《あみ》？

高い木の間に網が張ってあり、自分たちはそこに引っかかったのだ。

「急いで逃げますよ！」

そんな声がして振り返ると、見覚えのある熊御前がいた。

ピカピカに光る三重の歯を持つ、熊息子のジャンだ。彼は網を素早くナイフで切り裂きながら、再び三人に叫んだ。

「西の岩場へ！　馬を用意してあります！」

なぜ彼がここに。

なぜ助けてくれる、しかもこのタイミングで。

などと考えている余裕は無かった。

葉っぱまみれになった三人が地面に飛び降りると、ジャンが森の奥を指さす。

「あちらへ！」

「感謝する、熊の御前よ！」

ユースタスがジャンを小脇に抱え走り出した。それに蜜蜂、桜が続く。アルちゃんは桜の頭に登り、背後を見張った。

「追っ手がかかりましたよ、他の獣御前たちです！」

桜が振り返ると、背後からたくさんの獣御前たちが追ってくる。弓を射《い》かけてくる者、投げ縄を投げてくる者、投石器《とうせきき》で石つぶてを放つ者。

だが、こちらの方が歩幅が圧倒的に広かった。やがて彼らを引き離し、鬱蒼《うっそう》とした森のさらに奥に入り込んだ三人は、用意されていた二頭の馬に分乗《ぶんじょう》した。

「桜、君は蜜蜂と一緒に馬に乗れ」

ユースタスにそう指示された時、桜はなぜか抵抗した。

「私、ゆすたすちゃんと一緒がいい」

同じ年頃の少年とよりも、大人の女性の方がよかった。

なぜ自分がそう思うかは分からなかったが、異性とはあまりくっつかない方がいい気がしたのだ。

だが、蜜蜂が舌打ちし、桜の襟首《えりくび》を引きずって馬に押し上げた。

「そりゃ元騎士様の方が安心だろうけどよ、俺だって二人乗りぐらい出来るわ」

そうじゃない、そうじゃないのだが。

だがユースタスも、ジャンを小脇に抱えたままひらりと馬にまたがって言った。

「獣御前たちは引き離せたが、城から兵が出てくる頃だろう。騎兵に追いつかれたら私が残って戦う、君は蜜蜂と共に先に逃げるのだ」

「で、でもゆすたすちゃんが残ったらジャンさんは……」

「私なら大丈夫、一人で馬を飛び降りて、樹のうろにでも岩陰にでも隠れられます。この大きさですからね」

二頭の馬は駆け出した。

こんな大きな生き物に触れるのが初めての桜はおっかなびっくりで、馬のいななき一つにもいちいち驚いた。蹄《ひづめ》の音が響き、葉っぱや小枝が桜の髪や頬を掠《かす》める。

しかも馬上でバランスを取るのが難しい。

脚で馬の腹を締めろと言われても、このスピードで走っているのだ。

遠慮がちに蜜蜂の背中にしがみつく桜に業《ごう》を煮やしたか、蜜蜂が桜の腕をつかんで自分の腹に回させた。

「しっかりつかまってろ、アホ！　転がり落ちたら死ぬんだぞ」

「……はあい」

　するとアルちゃんも桜の頭上で言った。

「下手に体重移動させようとしてはいけませんよ、桜さん。自分は荷物だと思って、御者《ぎょしゃ》は蜜蜂くんに任せるのです」

「うん！」

「そして蜜蜂くん。あなたはなぜジャンさんが塔の外に待ち構えていたのを知れたのですか」

「アレクサンドリアの大合唱の中に、一人だけティブール語で歌ってる奴がいた。『我は熊の息子ジャン』『外で待つ』『窓から跳べ』ってな」

　そうだったのか。

　桜は蒼眼の男女と対峙《たいじ》した動揺で、アレクサンドリアの歌にはただ恐怖を煽《あお》られただけだったが、蜜蜂はあの状況でもちゃんと外の声に耳を傾けていたようだ。

「俺がジャンと初めて会ったのはグラナダの両替商の前、俺はティブール語で交渉してたからジャンは俺がティブール語を聞き取れることを知ってる。だからこっそりとあの言語で、『窓から脱出しろ』って伝えてきたんだ」

　そして蜜蜂が悪態混じりに呟いた謎の言語は、クセールから脱出した時の船乗りたちが話していたマーリ語だ。蜜蜂はもちろん話せるし、アルちゃんもたった一日で複数の単語を覚えてしまった。

なので蜜蜂がマーリ語で「窓から外に跳ぶ、ジャンがいる」と呟き、アルちゃんがそれをユースタスにこっそりと伝えた。

彼女は一瞬で、蒼眼二人を相手にするより一か八かで窓から跳ぼうと決断し、敵に剣の鞘《さや》を投げつけて桜と蜜蜂が脱出する隙を作った。そしてすかさず抜き身の剣もジルに投《とう》じ、自《みずか》らも宙に躍《おど》り出た。

「凄《すご》い、あの時、みんなでそんな相談をしてたんだ……」

蜜蜂がいくつもの言語を解《かい》せ、アルちゃんまで初めて聞く言葉を覚えつつあるからこそ出来たことだ。さらにはユースタスの判断の素早さ。

言葉とは素晴らしいものだ。

世界語《シージエユー》が話せればたくさんの人と意思疎通《そつう》を図《はか》れるし、いくつもあるそれ以外の言語を知っていれば、蜜蜂やアルちゃんみたいにこっそりと密談が出来る。

「私も早く、色んな言葉を覚えよう」

桜が決意も新たにそう言うと、馬を操《あやつ》っていた蜜蜂がチラリと振り返った。桜の顔を見て皮肉そうに笑う。

「なあに？」

「いや、言語を教えるって約束はしたがよ。お前に覚えさせせんの、苦労しそうだと思ってさ」

「どうして」

犬蛇《けんじゃ》の島で蛇《へび》の女たちから読み書きを習っていたし、簡単な計算も出来る。そんなに頭が悪いとは、自分では思わないのだが。

「数ヵ国語を話せる奴ってのは、耳が良い奴ばっかかなんだよ。発音の違いも簡単に聞き取れるし、再現も出来る。で、耳が良い奴ってのは基本的に音楽の才能もある。歌も楽器も上手いぜ」

「へぇえ」

感心してそう答えた桜だったが、ハッと気づいた。

歌が上手い人は数ヵ国語話せる。――では、歌が下手な人は。

するとアルちゃんが慰めるように言った。

「耳の良い人は言語の上達が速いというのは本当ですが、それ以上に大事なのは若さだと思いますよ、桜さん」

「そうなの？」

「大人よりも少年少女、さらには幼児の方が言語学習は速いという科学的データもあります。水が染み込むように覚えられますよ」

「そうなんだ！」

七百と八年ほど生きてはいるが、自分の体はまだ十五歳のはずだ。島の女たちが話す色んな言葉も聞きかじってはいたから、きっと覚えられるだろう。

と、桜は上機嫌になったが、ふと気づいた。

蜜蜂が桜の音痴《おんち》さを危惧《きぐ》したように、アルちゃんもまた桜が音痴なのを前提で慰めてくれた。

つまり、やはり、自分は正真正銘の音痴なのだろうか。

馬上で首をかしげた桜は何度か咳払《せきばら》いし、犬蛇の島で教わった吟遊《ぎんゆう》詩人の歌を歌った。

「♪愛《いと》しい女《ひと》よ　聞かせておくれ　君の小鳥のさえずりを　僕の涙は珊瑚《さんご》となり　僕の吐息は真珠となり　君の足下《あしもと》に積もるだろう」

とたんに蜜蜂が「あああああ」と声をあげ、髪の毛をガシガシと掻《か》いた。

「俺もその歌知ってっから、メロディが狂ってるとイライラすんだよ！　何で？　何であの悲しげな歌が首絞《し》められたニワトリの断末魔《だんまつま》みてえになるんだよ！」

「にわとり」

「僕にはリズムだけは伝わりましたよ、桜さん。あなたはダンスがお上手なのですから、リズム感はしっかりあるのです」

アルちゃんがそう慰めてくれたが、つまりリズム以外は駄目だったということか。

桜は眉を寄せた。

犬蛇の島では誰一人指摘してくれなかったが、どうも自分にはあまり音楽の才能が無いらしい。蜜蜂から、言語のついでに歌も習うことにしよう。

二人乗りを続ければ馬に負担がかかるとユースタスは危惧したが、幸い追いつかれることもなく、一行は暗い森を抜けた。なだらかな緑の丘陵地《きゅうりょうち》に、木造の建物が寄り集まった小さな集落がある。

「もう追っ手もまいたようですし、ここで少し休みましょう。子供たちが震えている」

ジャンが指摘したとおり、ずっと馬上にあった桜と蜜蜂は凍《こご》えきっていた。ここらの森はどこも湿って気温が低く、服の隙間から冷気が忍び込んでくる。桜の鼻と頬は真っ赤になり、蜜蜂は唇を紫色にして、歯をカタカタ鳴らしていた。

「そうか、君たちは南国で育ったのだったな。夏とはいえ、東欧《とうおう》の気候はこたえるだろう。あの村で何か温かいものをもらえるといいが」

ユースタスは馬の鼻先を集落へと向けた。尖った屋根を持つ木造教会を目指して進むと、赤ん坊をあやしながら羊毛を紡《つむ》いだり、小川で敷物を踏み洗いしていた女たちが、あんぐりと口を開けた。熊御前が凛々《りり》しい騎士と共に騎乗する姿が、よほど珍しかったのだろう。

「お尊《とうと》くていらっしゃる熊御前さまがこんな田舎に来て下さるなんて。主《しゅ》よ、感謝いたします」

あっという間に三十人ほどの女と少女たちが教会前に集まってきた。みんな刺繍《ししゅう》入りスカーフで頭を覆《おお》い、手に手にジャムの壺《つぼ》やチーズなどを捧《ささ》げ持っている。彼女たちがジャンへのお布施《ふせ》の見返りに光る歯をもらうのを見て、アルちゃんは興味深そうに囁いた。

「なるほど、僕はキリスト教が七百年の間にどう変遷《へんせん》していったか興味津々《しんしん》だったのですが、ここトランシルヴァニアでは獣御前をある意味『聖人』として取り込んだのですね。彼女たちの中で神への信仰と獣御前への信仰は、何ら矛盾しないのです」

彼がとうとうと語る間も、蜜蜂は村の女たちをじっと観察し、最も人の好《よ》さそうなおかみさんに目をつけたようだ。温かい食事と宿を提供してもらえないかと交渉している。

すると彼女は頬を染めつつ、ユースタスをちらりと見た。

「こんなに素敵な騎士さまたちなら、喜んでご馳走《ちそう》しますよ」

やはりユースタスの美貌《びぼう》が功を奏し、あっさりと受け入れてもらえるようだ。

彼女の家に案内された四人は、かまどのある部屋に通された。

調理用と暖房を兼ねているという鉄製のストーブは熾火《おきび》が入っており、それだけで暖かい。

桜と蜜蜂はホッとして、かまどに手をかざした。寒いとはどういう状態かこれまでよく知らなかったが、こんなに動きが鈍《にぶ》るものだったのか。

蒼眼の伯爵夫人から追っ手がかからないか心配だったが、ジャンが言った。

「村の女性たちに、私たちがここを訪れたことは内緒にしてくれるよう頼みました」

すると、料理に取りかかったおかみさんの背中をちらりと見てユースタスが声をひそめる。

「彼女たちは信頼できそうですか？」

「大丈夫です、ここの村人は蒼眼の伯爵夫人を、子供をさらう悪魔として憎んでいますから。

伯爵夫人に誘拐された桜さんを私たちが助け出し、ここまで逃げてきたというと大層、同情されました」

ならば、しばらくは大丈夫か。

もし伯爵夫人やジルが蒼眼の力を使えば、村の女たちも桜たちをかくまったことを話してしまうだろうが、少なくとも今日、近隣に話が広まる心配をしなくてもよいだろう。

農家のおかみさんは一行に蜂蜜酒《はちみつしゅ》をふるまってくれた。

桜だけは酒が飲めないと言うと、ニワトコの花を蜂蜜に漬けて発酵させたというジュースを作ってくれた。爽《さわ》やかな甘い香りで、浮かべてある果物はライムというのだそうだ。今まで味わったことのない、不思議な味だった。

それを飲み終わる頃、白インゲン豆とソーセージのスープ、それにバルモシュという食べ物が出た。トウモロコシの粉を牛乳で蒸し、サワークリームとバター、茹《ゆ》で卵を混ぜるのだそうだ。材料を聞いても桜には味の想像がさっぱり出来なかったが、食べてみるとほんのり甘くて酸《す》っぱく、素朴で美味《おい》しい。

ユースタスが感激して言った。

「ご婦人、実に素晴らしい味です」

すると蜜蜂もニッコリ笑いながらつけくわえる。

「村で奥さんが一番料理が美味《うま》そうに見えたから声かけたんすよ。俺、正解だったわ」

「私も旅は長いですが、こんなに美味しいソーセージには滅多《めった》に出会えません。そのストーブの上で燻《いぶ》してあるのですね」

美青年騎士のユースタス、自称女にもてる蜜蜂、さらには尊敬される獣御前から次々に褒《ほ》められ、おかみさんははにかんだ笑いを浮かべた。

「村にお菓子作り名人のお婆《ばば》がいるから、ルバーブと胡桃《くるみ》の焼き菓子をもらってきましょう」

おかみさんが席を外し、農家に四人と一匹だけになると、凄まじい量を喰らったわりに優雅な仕草で口元を拭《ぬぐ》いながら、ユースタスが言った。

「さて、ピレネーの熊息子ジャンどの。お尋ねしたいことがあります」

「何でしょう?」

「なぜ、私たちを助けて下さったのですか」

真っ直ぐにジャンの目をのぞき込んだユースタスの青い瞳。

それがふいに、銀色になった。

冴《さ》え渡る月のような瞳孔《どうこう》と、それを取り囲む虹彩《こうさい》は、まるですばる星だ。

桜は息を飲んだ。

淡い瞳が光の加減によって色を変えることは、桜も知っている。島にもそういう女がいた。

だが、ユースタスのこれはそんなレベルではない。それまで確かに人間のものだった瞳が、瞬時にして別の何かに変わった。

蜜蜂も口をぽかんと開け、ユースタスの銀の瞳を見ていたが、やがて小さく首を振った。目の前の光景が信じられないというかのように、軽く額を押さえている。

ジャンは魅入《みい》られたようにユースタスの銀の瞳を見つめていたが、やがて熊の頭がゆらゆらと揺れた。くぐもった笑い声がする。

「なぜあなたたちを助けたかって？　だって私、まだ桜さんから恋文をもらっていませんもの」

「恋文？　それが欲しさに桜を追いかけてきたというのですか、我々と同じ時期にグラナダに滞在し、ローマでも会い、さらにはこんなトランシルヴァニアの森まで」

「実は、あなた方がこちらの方面へ向かっていると熊の仲間から情報を得て、慌てて追ってきたんです。三月さんをおびき寄せる餌《えさ》にもなりますが、桜さんの愛らしさは必ず伯爵夫人に目をつけられると思いまして」

ジャンは小さく溜息をつくと、熊御前のかぶりものを外した。現れたのは初老の男の顔だ。彼は陶器《とうき》のポットから蜂蜜酒を注《つ》ぎ、一口飲んでから続けた。

「現在サボルチ伯爵夫人と名乗っているエリザベート・バートリは、生娘《きむすめ》の生き血を浴びて千年以上も生きているとの噂です。あの美貌は、何千何百もの娘たちの断末魔の叫びで、さらに磨《みが》かれていくのだそうです」

それを聞いた桜はゾッとした。

確か伯爵夫人は、桜一人分ではバスタブに足りないと言っていた。他の少女たちと交ざって自分を潤せとも。彼女は桜も含め、何人もの少女たちの生き血を搾《しぼ》り取るつもりだったのだ。

　ユースタスの銀の瞳はますます輝き、ジャンの顔に近づけられた。

「私は蒼眼に遭遇したのは初めてなのですが、蒼眼とは短命なのでは」

「はい、確かに。二十歳ほどで成長を止め、だいたい二十五歳前後で死にますね。三十歳まで生きられるのはごくまれのようです」

　たった二十五歳か。桜なら後十年で寿命を迎えることになる。

　蒼眼の人々は若く美しいまま死ねることを誇《ほこ》りにしているそうだが、犬蛇の島に流されてきた蒼眼の女は、普通の人間になりたがっていた。全ての蒼眼が早死にを望んでいるわけではないだろう。

　ジャンは続けた。

「伯爵夫人は千年以上も生きたあげく、つい最近『蒼眼になった』のではと言われております」

「蒼眼になった？」

「蒼眼とは生まれつきのものですが、彼女は大人になってから蒼眼を手に入れたと噂されています。伯爵夫人がやはり早死にするのか、それとも娘たちの生き血を搾り取って永遠に若いまま生きるのか、蒼眼の間でも注目されているようですよ」

　桜を真っ直ぐ見たジャンは、ニコリと笑った。

「私は人々に希望を配って回るのが生業《なりわい》です。いたいけな少女がみすみす殺されようとしていたのを、見過ごせませんでした」

ユースタスは何か考え込むようにジャンの顔をじっと見ていたが、今度は蜜蜂が不審そうに聞く。

「でもさあ、伯爵夫人の城の周り、獣の御前たちいっぱいいいたろ、あの変な歌を歌いながら。あいつら、伯爵夫人の手下なんじゃねえの？」

「確かに、伯爵夫人が獣の御前を集めて何か良からぬことをやっているという噂も知っていました。彼女は熱心に『アレクサンドリア』を捜しているようですね」

「つまり、あんたも獣の御前だけど伯爵夫人の手下じゃねえ、純粋な好意から桜を助けたって言いてえの？　アレクサンドリアが三月の兄貴ってマジ？」

「それについては、私もよく分からないのですよ。獣の御前たちが何百年と歌っているあの歌が何なのか、伯爵夫人が何を知っていて、なぜ三月さんを捜しているのか」

すると、ユースタスが腕を組んで溜息をつき、どさりと背もたれに身を預けた。

「本人に尋ねるしかないだろう。さて、どうやって三月さんと砂鉄さんのいる街に行くか……」

二人は今、伯爵夫人の城から馬車で三日ほどかかる街に滞在しているはずだ。そこの領主が腕の立つ傭兵《ようへい》を探していたらしい。

だが、城に近い街道にのこのこと桜が現れれば、すぐに伯爵夫人に見つかってしまう。彼女の手下である獣の御前は、あの辺りにたくさんいるのだ。

するとジャンが椅子からするりと降り、ぴょこんとお辞儀《じぎ》をしてみせた。

「私、熊息子のジャンが力となりましょう」

「ジャンさんが？」

「信頼のおける熊御前の仲間がおります。彼らに砂鉄さんと三月さんへの伝言を頼み、我らはしばらく身を隠しましょう」

「でも、伯爵夫人の城から私たちを逃がしてくれたの、手下の獣御前にも見られたんじゃ……」

「『熊の御前が逃亡を助けた』ことは分かっても、それが誰かは見分けがつきませんよ。熊御前は鹿《しか》御前、狐《きつね》御前についで人口が多いですし、それに――」

彼は再び熊のかぶり物をすると、光る歯をむき出しにニッと笑ってみせた。

「あの時、私はあなた方に見せる時以外、ずっと布で歯を隠していました。周りの獣御前たちにも、私が熊息子ジャンだとは分からなかったはずです」

それを聞いたユースタスは、スッと椅子から立ち上がった。片膝を床につき、かぶり物の奥のジャンの目を真っ直《ます》ぐにのぞき込む。

「本当ですね？　私たちは、あなたを信頼しても良いのですね」

「もちろん！」

彼の目を見据えるユースタスの瞳は銀色のままだったが、やがて、ゆっくりと元の青い色に戻っていった。静かにうなずく。

「あなたを信じます」

この村で唯一読み書きが出来るという司祭から筆記具を借り、ユースタスは三月に宛てて手紙を書いた。

「三月さんなら、私の筆跡を知っているはずだからな」

金星特急の旅を終えた後、ユースタスは桜へと何度も手紙を書いたそうだ。まだ字が読めなかった頃、桜はそれを父親である錆丸《さびまる》や伯父《おじ》の三月に音読してもらっていたらしい。

（でも、ゆすたすちゃんの筆跡なら砂鉄の方が詳しいはずなのに）

砂鉄とユースタスは一緒に旅をしながら暮らしていたそうだ。彼女のことを誰よりも知っているのは砂鉄だろう。——なのに。

「ユースタスさんの筆跡だけでなく、蜜蜂くんと桜さんの署名も封筒に下さい。見知らぬ熊御前がいきなり三月さんに手紙を渡しても警戒されないように」

ジャンにそう勧められると、蜜蜂は左手の中指にはめていた指輪を外した。よく見ると世界《シージエ》語《ユー》の「蜜蜂」の反転文字と、蜜蜂の絵が組み合わされている。

桜の肩からそれをのぞき込んだアルちゃんが、面白そうに言った。

「おお、その指輪は印章《いんしょう》になっているのですね。ご商売用ですか?」

「そー。契約書作っても文字読めない奴多いから、絵も入れてある」

「へえ……」

桜はまじまじと蜜蜂の指輪を見た。首から提《さ》げているのもペンダントではなく計算尺《けいさんじゃく》というものらしいし、彼が身につけているのはアクセサリーも兼ねた商売道具ばかりらしい。

「印章は粘土《ねんど》や象牙《ぞうげ》、金属などに反転した文字や図案を彫《ほ》り、インクをつけて紙に押すのですよ」

アルちゃんが説明したように、蜜蜂は指輪の印章にインクをつけ、封筒の隅に押した。桜にそれを手渡す。

「ほら、お前も署名」

「ええと」

さくら、と名前を書けばいいのだろうか。だが、一応は秘密の手紙だ。封筒の表面に、伯爵夫人に追われている「邪眼《じゃがん》殺し」の名を堂々と載せるのもためらわれる。

すると、ユースタスが目を輝かせて言った。

「そうだ、桜は『さくらの花びら』を描いてはどうだろう」

「花びら?」

「桜がまだ読み書きが出来なかった頃、私への返信は錆丸や三月さんが代筆してくれていた。

だが、その最後には必ず桜自身がクレヨンで描いた桜の花びらが添えてあった。三月さんなら見れば本人だと分かるはずだ」

だが桜は、その花の記憶が無かった。自分が生まれた日本という国で、きっと自分は父親と一緒に「さくら」を眺めたのだろうが、全く覚えていない。

「お前の名前、花の名前かよ。俺も虫の名だけどさあ、さくらってどんな花？」

蜜蜂にそう聞かれ、知らない、と答えると、きょとんと目を見開かれる。

「自分の名前の花を知んねえの？」

「……うん」

するとユースタスが桜の頭にぽんと手を置くと、さらさらとお手本を描いてくれた。

「桜の花びら一枚一枚はこのような形だ。だが集合体になると雲のようになる」

マリア婆ちゃんも同じことを言っていた。夢のように美しい、桃色の雲のようだと。

桜はユースタスの絵をお手本に、蜜蜂の印章の隣にたどたどしく「署名」した。ペンとインクなどちゃんと使うのは初めてで、ペンが紙の毛羽立《けばだ》ちに引っかかって苦労する。

最後に、封筒の蓋《ふた》にジャンが熱い蠟を垂らした。

光る歯を数枚引っこ抜くと、まだ柔らかいうちに蠟に押しつける。歯の裏にはやはり反転した文字が一つずつ彫られており、並べて押すと、封蠟《ふうろう》の上に「熊息子ジャン」との文字が浮き上がった。

ふと、桜は尋ねた。

「どうして蜜蜂みたいに、一つの印章に『熊息子ジャン』って彫らないんですか？　一文字ずつ押すの面倒じゃないですか？」

すると、ジャンの熊の頭がぐりん、とこちらを向いた。両腕を突き上げ、嬉しそうに言う。

「何て目の付け所の良い質問でしょう！　一つの印章に『熊息子ジャン』と彫れば、そりゃあ楽です。でもこうして一文字ずつの印章を持っていると、どんな文章も綴《つづ》れるのですよ」

彼はさらに数枚の歯を引っこ抜いてインクをつけ、別の紙に並べて押し当てた。『恋文待ってます』との短い文章が浮かび上がる。

う、と桜が声を詰まらせる間、ジャンは反転文字の彫られた歯を再び自分の口の中に収めた。

「では、街道に出て熊御前の仲間にこの手紙を託《たく》してきます。明朝《みょうちょう》までには戻りますから、私たちを匿《かくま》ってくれる友人のところへ行きましょう」

「ジャンさん、取りあえずのものでいいので、細身の剣を手に入れられませんか。伯爵夫人の城で失ってしまい、どうも腰が落ち着かない」

「良い刀剣市《とうけんいち》を知っています。かならずや」

馬に子供用の鞍《くら》をつけてジャンが村を発《た》つと、アルちゃんが桜に言った。

「さっき、ジャンさんがおっしゃったことはとても大事ですよ、桜さん」

「……光る歯の文字のこと？」

「確かにあなたは良い質問をしました。『なぜ一つの印章に自分の名前を彫ってしまわないのか』『一文字ずつ組み合わせて名前を作るのか』。これらは、世界を変えるほどの力を持つ疑問です」

桜は首をかしげた。

よく意味が分からない。どう考えても、蜜蜂の名前が彫り込んである印章指輪の方が便利だと思うのだが。

それが、世界を変える力を持つ疑問？　聞き返そうとしたが、ちょうどおかみさんが戻ってきたので、桜は口をつぐんだ。いずれアルちゃんが勝手にペラペラ教えてくれるだろう。

夕暮れ時になると、男たちが農作業から戻ってきた。ここは街道の外れで旅芸人の一座なども滅多《めった》に来ないらしく、異国からの旅人の噂を聞きつけ、この農家の庭先に集まってくる。

一宿の礼にと、蜜蜂が弦楽器ウードをかき鳴らして歌い、桜がくるくる回って踊って見せる。これで路銀《ろぎん》を稼《かせ》いできただけあり、二人の芸はすでに息がぴったりだ。

村の女たちの目はひたすら食べ続ける金髪の騎士ユースタスに注《そそ》がれていたが、年若い少女たちは蜜蜂の方も気になるようだった。褐色《かっしょく》の肌と琥珀色《こはくいろ》の瞳が魅力的に映るらしく、肘《ひじ》でお互いをつつき合ってはヒソヒソ話をしたり、勇気のある少女が蜜蜂に直接、歌のリクエストをしたりしている。

「蜜蜂、女の子にもてるのって本当だったんだね」

桜がそう囁くと、彼は眉根を寄せた。

「あ？　疑ってたのか、どう見ても女に好かれるツラだろうが、俺は」

「うーん、分かんない」

「まあ、ガキのお前にゃ俺の魅力は伝わんねえだろうな」

「うん、全然」

あっさりうなずくと蜜蜂は少なからずムッとしたようだが、思い直したようにやれやれと首をふった。

その時ふと、桜自身も視線を感じた。

桜よりも年下の少年たちが数人かたまり、こちらを見ている。

（あ。『あの目』だ）

船の上でアルちゃんに「慣れろ」と言われた、異性からの興味津々《しんしん》の目。

だが髭面《ひげづら》の船乗りたちと違って、少年たちの目は純粋に好奇心に溢《あふ》れているようにも見えた。

父は日本人である桜の容姿が珍しいだけかもしれない。

歌と踊りの礼にと、村人たちが黒パンやチーズ、ソーセージなどをどっさりくれてユースタスの目を輝かせたが、桜はもう一つ、頼み事をしてみた。

「どなたか、弓矢を売ってくれませんか？」

犬蛇の島で作った弓は、伯爵夫人の城で取り上げられてしまった。いつ追っ手がかかるか分からない状況だし、自分も早く武器を入手したい。

すると、村一番の弓名人だという羊飼いが一式を譲《ゆず》ってくれた。桜の細腕でも引けるよう弓を調整してくれ、鉄製の矢尻《やじり》がついた矢も十二本くれる。

（早く練習したい）

ママの樹の矢尻はいくつか小袋に入れて首から提げ、服の下に隠してある。伯爵夫人の愛人ジルが追いかけてきても撃退できるよう、この新しい弓に慣れておかなければ。

その晩は再びおかみさんが料理の腕をふるってくれ、温かい寝床も提供してくれた。

一階のストーブを囲むようにテーブルと椅子があり、ユースタスと蜜蜂は壁際の寝台を、桜は二階の屋根裏部屋を与えられた。女の子だから別室だそうだ。

（女の子は別室、っていうのがまだよく分かんないな……）

三月からは男の前で着替えたり無防備に眠っては絶対に駄目だと念を押されていたが、どうもピンと来ない。島の女たちから子供の作り方は教えてもらっていたが、そこに至る過程がいまいち想像できないのだ。

藁布団《わらぶとん》に潜り込んでも、桜はなかなか寝付けなかった。

三月がアレクサンドリアという謎も気になる。

だがもう一つ、桜の胸を締め付けている伯爵夫人の言葉があった。

（私以外にも、女の子たちを捕まえてるって言ってた）

生き血を絞《しぼ》るための少女たち。あの城のどこかに閉じ込められているのだろうか。

桜はジャンのおかげで逃げ出せたが、彼女たちは怯《おび》えながら自らの死を待つばかりなのだろうか。

その時、窓に何かが当たる音がした。

「ん？」

寝台から起き上がった桜は、屋根裏部屋から庭を見下ろした。

村の少年たちが数人、こちらを見上げている。さっき、踊る桜を見ていた子たちだ。

一人が桜に向かって、弓を振って見せた。さらには、降りてこいとの手招き。

「何だろ」

弓が気になり、桜は自分の弓矢を持って窓から出ると、屋根から庭に飛び降りた。

少年たちは笑顔を浮かべている。

「羊飼いの爺《じい》さんから弓矢もらってたろ。あれは白樺《しらかば》の樹皮《じゅひ》で作った弦《つる》だから、これ塗るといいよ」

一番背の高い少年が差し出したのは、動物の角《つの》に入ったトロリとしたものだ。

「あ、蜜蠟《みつろう》だ！」

「うち、養蜂家だからたくさん取れるんだ。まだあっちにたくさんあるから、行こう」

桜は少し迷った。

アルちゃんは桜の枕元でぐっすり眠っていたし、いったん屋内に引き返し、蜜蠟をもらいに行くことをユースタスに知らせようかと思ったのだ。

だが少年たちはすぐそこだと言うし、親切に泊めてくれた農家のおかみさん夫妻を起こすのも悪いので、桜はそのまま彼らについていった。

蜜蠟をくれた少年が笑顔で言う。

「あと、面白いもん見せてやろうか」

「面白いもの？」

――あれ。

何だろう、彼の、この笑顔。

何か、思い出すような。

「真夜中になると、羊小屋で逢い引きしてる奴らがいるんだよ。後家《ごけ》さんと牧童《ぼくどう》」

彼らは一斉に、低い笑い声を漏らした。

「あの後家さん、誰とでもするんだぜ」

「な？　すぐそこだし、のぞきに行こう」

桜は困惑した。他人のデートをのぞき見して何が楽しいのだろう。

ふいに思い出した。

彼らの笑顔に交じる、何となく嫌な感じ。船乗りたちが桜を見る目と、どこか似ている。

「私、やっぱり帰るね」

身を翻《ひるがえ》した桜の腕を、少年の一人がつかんだ。

「いいじゃん、ちょっとだけ」

強引に腕を引かれ、振りほどこうとしても手を放してくれない。

「蜜蠟、欲しいんだろ?」

「欲しい欲しい。俺にもちょーだい」

突然、蜜蜂の声がした。

息を飲んだ桜が顔を上げると、両手を腰に当てた蜜蜂が月光に照らされニヤニヤ笑っている。

「俺も蜜蠟欲しいからさ、一緒に連れてってよ」

年上の男の出現に、少年たちはひるんだようだった。桜の腕をつかんでいた手が、おずおずと放される。

「あと、後家さんも見せてよ。俺、後家さんだーいすき」

「あ、あんたには関係ないだろ」

「そうだよ、村の女たちにちょっと騒がれたぐらいでいい気になりやがって」

少年たちはたどたどしく反論したが、軽く肩をすくめた蜜蜂が、ずいっと顔を突き出してみせた。

「しょうがねえだろ、テメェらのニキビ面《づら》とは出来の違う、このツラだ。ションベンくせぇガキはさっさと帰って寝ろ」

しっしっ、と手で追い払われ、少年たちは無言で四散《しさん》した。

ホッとした桜が、ありがとうと蜜蜂に言おうとすると、いきなり耳を引っ張られる。

「アホ！」

「い、痛い」

「アホじゃ足りねえ、この大馬鹿！」

引っ張られた耳に向かって小声で怒鳴られ、桜は身をすくめた。

「すぐそこだって言われて、その、弓の手入れの蜜蠟が」

「こんな夜中に複数の男についていってくって、どんだけ危機感足んねえんだよ、お前の脳みそは海《かい》綿《めん》で出来てんのか」

ようやく桜の耳を離した彼は、ブツブツと言った。

「ったく、俺は耳が良いっつってんだろ。夜中にコソコソ庭先で話してる奴らがいるから何事かと思えば」

「……ごめんなさい。男でも、大人じゃないなら大丈夫だと思って」

「ハッ、あんぐらいの年ならもう、毎晩毎晩コキまくってるに決まってんだろ」

コキまくる、がどういう意味か分からなかったが、桜はうなだれて反省を見せることにした。

「お願い、アルちゃんとゆすたすちゃんには、このこと言わないで」

「アァ?」

「何か恥ずかしいから」

蜜蜂は溜息をつき、肩をすくめて見せた。了承、という意味のようだ。

「まあいい、こっちも蜥蜴先生とユースタスに内緒で話したかったことがある」

「二人に内緒?」

聞き返すと、蜜蜂は声をひそめた。

「ユースタスって、蒼眼なのか」

思いも寄らない話だった。

きょとんと目を見開き、ゆっくり首を振る。

「違うよ。目は青いけど、蒼眼みたいにのっぺりしてないでしょ」

「だけどよ、ジャンに質問してた時、いきなり目が銀色に変わって光ってたろ。ジャンが魅入《みい》られたみてえになってた」

「……あれは……私もビックリしたけど……」

ユースタスは瞳の色が変わるどころか、肌の上に銀の魚まで飼っている。夏草《なつくさ》のいる方角も分かるようだし、まだまだ不思議な力を秘めているのかもしれない。

だが彼女は七百年前から眠りについていた。たった五十年ほど前に出現したという蒼眼ではあり得ない。軽く咳払《せきばら》いした桜は、大真面目に言った。

「ゆすたすちゃんは、魔法使いなんだよ」

「魔法使い〜?」

うさんくさいです、と言わんばかりに蜜蜂は顔をしかめたが、銀魚《ぎんぎょ》は女神である金星《きんせい》がユースタスに与えたものだし、超自然的な力であるのは間違いないのだ。

「私もよく分からないけど、ゆすたすちゃんは不思議な力があるって言ってた。でも蒼眼じゃないよ、伯爵夫人とジルから殺されそうになったでしょ」

「まあ、確かに……蒼眼の奴らはめっちゃ仲間意識つええらしいから、同じ蒼眼ならユースタスを殺そうとはしねえわな」

蜜蜂が何となく納得したようだったので、桜はこれからも「ユースタスは魔法使い」で押し通すことにした。

だが深夜の密談の最後に、念を押すことだけは忘れなかった。

「お願い、私が蜜蠟で男の子たちから釣られたこと、内緒にしてね」


こっそりと屋根裏部屋に戻った桜は、アルちゃんが深い眠りについているのを確認してから寝台に入った。気温が低いので鈍《にぶ》っているのだ。彼を懐《ふところ》にそっと押し込み、ようやく眠りにつく。トランシルヴァニアに入ってから初めての、つかの間の安らかな休息だった。

翌朝、まだ暗いうちから温かいミルクと蜂蜜で朝食を摂《と》っていると、ジャンがひょっこりと帰ってきた。

「匿ってくれる友人とも連絡が取れました。さあ、すぐに出発です」

彼はユースタスの剣だけでなく、馬車も調達してくれていた。

これで、この辺りでは目立つ桜と蜜蜂、どこでも目立ちまくるユースタスも幌《ほろ》に隠れて旅することが出来る。

昨夜、歌と踊りでもらったお布施の食料を馬車にどっさり積み込み、御者台にはジャンが座り、一行は村を出発した。

「目指すのは女子修道院です。男性は入れませんが、桜さんは安全に守れるでしょう」

「ジャンさんも入れないの？」

「獣の御前の数人だけが、男性でも入院許可を持っています。修道女たちの作るお守りを売りさばく役目があるので、良好な関係なのですよ」

「じゃあ、ユースタスと蜜蜂は修道院に隠れられないんじゃ」

「女子修道院の隣に、男性用の宿泊施設もあります。女性の巡礼者の護衛として、男性が旅してくることも多いですからね」

女子修道院がどんなものか桜にはさっぱり想像できなかったが、女しか入れないというのは少し安心できた。

蜜蜂は昨夜《ゆうべ》の出来事をアルちゃんとユースタスに内緒にしてくれているようだが、簡単に騙《だま》されそうになった自分がまだ恥ずかしい。だが女子修道院の中に入ってしまえば、そもそも男性と遭遇することも無いだろう。

幌馬車が村はずれまで来ると、蜜蜂がふいに言った。

「ユースタスって何歳？　二十代後半ぐらいに見えるけど」

「三十二歳だ」

微笑《ほほえ》んで答えたユースタスは、御者台のジャンをちらりと見ると、声を潜《ひそ》めて言った。

「私が蒼眼ではないかと疑っているのだろう、蜜蜂」

図星をつかれた蜜蜂は、首から提げた計算尺を無意識にいじりながら言った。

「だってジャンに尋問？　みてえなのしてた時、目の色が変わってたから」

「大丈夫、蒼眼ではない。蒼眼は二十五歳ほどまでしか生きられないのだろう。私が三十を過ぎているのは、三月さんに尋ねてもらえればいい。彼は私の年を知っているはずだから」

——また。

また、自分のことは三月に聞けと言っている。

誰よりもあなたのことを知っているのは、砂鉄のはずなのに。

桜は思わずユースタスに言った。

「砂鉄も」

「砂鉄さん?」

「砂鉄だって、ゆすたすちゃんの筆跡や年齢、知ってるよね」

彼は、あなたの恋人なのだから。

ついそう言ってしまいそうになった桜の髪の毛を、アルちゃんが噛んで引っ張った。それ以上は駄目だ、その合図だ。

ユースタスは不審そうな顔になった。

「彼とはつい先日、会ったばかりだ。私のことなど何も知らないはずだが」

ふいに、アレクサンドリアの歌が聞こえてきた。

桜がそっと幌から顔を出すと、獣御前の一行だ。明るいメロディなのに、伯爵夫人の城で聞いた大合唱がトラウマになって、ひどく不安になってしまう。

ユースタスに忘れられてしまった砂鉄のことも気になる。

だが、三月。

桜は懐から「しゃしん」を取り出した。

彼がアレクサンドリアとは一体どういうことだろう。伯爵夫人はずっと三月を捜していたと言っていた。

三月は熊息子ジャンから「あなたはアレクサンドリアか」と聞かれた時、キョトンとしていた。全く聞き覚えが無い様子だったが、あれは演技だったのだろうか。

もし演技だったとしたら、三月はみんなに隠し事をしていることになる。

三月は蒼眼の伯爵夫人と知り合いだったのか？

千年も昔から生きているという彼女と、七百年のあいだ世界をさまよっていた三月は、どこかで出会っていたのだろうか。

駄目だ。

いくら考えても分からない。桜のことが大好きだという優しい「伯父さん」。彼にはどんな秘密があるのだろう。もしかしてアレクサンドリアとは、夏草を捜す上で重要なヒントになるのだろうか。

小さく漏らした溜息を、アルちゃんが耳ざとく聞きつけた。

「三月さんが気になりますか」

「うん。……この『しゃしん』っていう細密画《さいみつが》、やっぱり三月だよね」

「間違いないと思います。彼が月氏《げっし》にいた時の服装ですし、他人のそら似とは思えません。そしてこれは、細密画ではありませんよ、本人の姿を紙に写し取る技術だと思って下さい」

「紙に写し取る……？」

桜が困惑していると、蜜蜂が少し得意そうに言った。

「写真、俺は見たことあるぜ。人間とか建物とかの影を、紙に焼き付ける機械を使うんだよな。印度《インド》の金持ちが八人の奥さんと一緒に撮ってた」

そう説明されてもやはり桜には写真が何だかよく分からなかったが、これは三月本人の姿を紙に写したもので間違いないらしい。

何か考え込んでいたユースタスが、三月の写真を指でなぞった。

「ラミネート加工されている」

「らみねえと？」

「写真が傷《いた》まないよう、丈夫な膜《まく》で覆っているのだ。なぜ伯爵夫人が三月さんの写真を持っているのかは不明だが、これが大事にされていたことだけは間違いないだろう」

「あの蒼眼のオバサン、三月の兄貴に一目惚れでもしたんじゃねえの？　いかにも女に好かれそうな顔じゃん、兄貴って」

「うーん……」

桜にはまだ、恋が何なのか、惚れるという感情がどんなものなのか、よく分からない。会った瞬間に誰かを好きになるなんて、あり得るのだろうか。

だが、蜜蜂の言葉にはアルちゃんが反論した。

「ただの一目惚れなら、アレクサンドリアという言葉の謎が解けませんよ。獣御前たちは意味も分からずにアレクサンドリアの歌を歌い、アレクサンドリアという人物を探している。きっと何か意味があるはずです」

結局、女子修道院で砂鉄と三月の到着を待ち、三月本人に話を聞くしかないのだ。彼が意図的に秘密を抱えているわけではなく、単純に桜たちに話すのを忘れていただけかもしれない。

　桜が腕を組んで考え込んでいると、アルちゃんが唐突に言った。

「桜さん。城から脱出した後、僕たちは二頭の馬に二人ずつ乗りましたよね」

「え？　うん」

　桜と蜜蜂、ユースタスとジャンに分かれ、二頭の馬で疾走《しっそう》した時のことか。最初はもの凄く怖かったが、今さらあれが何だと言うのだろう。

「あの時ユースタスは、二人乗りを続ければ馬が疲弊《ひへい》し、スピードが落ちるだろうと危惧していました。現在、馬たちは四人の人間に加えて大きな幌馬車を引いています。だが馬は疲れません。なぜでしょう」

　桜はぽかんと口を開いた。

　蜜蜂もユースタスも目を見開き、アルちゃんがなぜいきなりこんなクイズを始めたのか不審がっているようだ。

「え、えと、馬は走ってないから？」

「いいえ、たとえ幌馬車を引きながら全力疾走したとしても、人間二人ずつを直接背中に乗せていた時より、馬は疲れません。人類の偉大な発明の一つと言われているもののおかげです」

　人類の偉大な発明？

　桜はますます困惑したが、一応、答えてみた。

「馬車?」

「馬車そのものではありません、よーく考えて」

　すると、蜜蜂が言った。

「車輪?」

　とたんにアルちゃんが桜の頭上でくるりと一回転し、正解です、と声を張った。

「素晴らしい、蜜蜂くん！　古代メソポタミアで生まれたと言われる車輪は、人類の生活を大きく進歩させました。道が整備されているのが条件ですが、重たい物を少しの労力で運べます」

　例えば、桜が一人で背負って歩けるのはせいぜい、自分の体重ぐらいだろう。

　だが車輪付きの荷台を使えば、桜五人分の体重でも引っ張ることが出来る。車輪が地面との摩擦《まさつ》をはるかに小さくしてくれるからだ。

　そう説明され、桜は何となく分かったような分からないような気になった。犬蛇の島には無かったものだが、クセールの港街やグラナダ、ローマ、またこのトランシルヴァニア地方へ至る道でも、車輪のあるものはたくさん見た。あれが偉大な発明と言われてもピンとこない。

「車輪が生まれたおかげで、水車や風車も発明されました。水や風の力で製粉《せいふん》などが出来るようになったのも、車輪のおかげです。実に偉大な発明ですよ」

　水や風の力で粉を挽《ひ》くことは、島でもやっていた。干満《かんまん》の差を利用して水車を回し、麻を叩いて生地《きじ》にもした。あれは偉大な発明のおかげだったのか。

しかし、アルちゃんがなぜ唐突にこんな話を始めたのかさっぱり分からない。

「さて桜さん。僕は、ジャンさんが光る歯に一文字ずつ文字を彫っていることはとても大事だと言いましたよね」

「え？　うん」

全く意味が分からないが、アルちゃんはこのことを覚えておけと念を押していた。

「これは、この世界で滅《ほろ》んでしまった技術に関係しています。写真は滅びつつある技術、車輪は生き残った技術です。これらをよーく覚えておいて下さい」

覚えておけと再び念を押され桜はますます困惑したし、蜜蜂も首をかしげている。

だがユースタスは、小さく微笑んだ。

「覚えていた方がいいぞ、桜。君自身の戦いのために」


崩壊した凱旋門《がいせんもん》にもたれた砂鉄《さてつ》が煙草《たばこ》を巻いていると、三月《さんがつ》が戻ってきた。

「桜《さくら》にお土産《みやげ》買っちゃった。これ、可愛くない？」

差し出されたのは、いくつもの宝石をはめ込んだ腕輪だった。女物のアクセサリーの善《よ》し悪《あ》しはよく分からないが、確かに珍しいデザインだとは思う。

「いいんじゃねえか」

適当に答えたが、三月はニコニコと言った。

「サイズとか加工してもらってる間にさ、うちの姪《めい》っ子ちょー可愛くてーって話してたら、宝飾店のオッサン、甥姪《おい》とか孫とか『自分が育てる責任の無い子供』は可愛いもんだよとか哲学語ってくれちゃって」

砂鉄自身に子は無いが、孫や親戚の子を無条件に溺愛《できあい》する人間がいるのは知っている。吸っていた煙草の端を少しだけ上げ、そうかい、の返事をすると、三月は軽く首を振った。

「桜は育てる責任の無い子供なんかじゃないもんねー。七百年もずーっと待ってた、人類を救う救世主だもんね」

砂鉄は返事をしなかったが、機嫌が良い時の三月は放っておいても勝手にしゃべっているので大丈夫だ。こうして二人で仕事をするのも何度目になるか分からないほどだし、いい加減、扱い方も心得ている。

ここは遙か昔、ブカレストと呼ばれていた都だ。

冷戦時代の名残《なごり》で巨大な建造物が数多くあったが、今ではほぼ崩壊している。行き来するのはジプシーの幌馬車《ほろばしゃ》ばかりで、治安の悪さは現代のローマの比では無い。

山間部と違って異様に蒸し暑く、照りつける太陽が瓦礫《がれき》の山に濃い影を作っている。そこかしこに転がる人体は薬物中毒者か、そのなれの果ての死体だ。

砂鉄と三月はこの悪夢のような街で、誘拐された領主の娘を取り戻すという仕事をやり遂げた。貨幣《かへい》経済などとっくに破綻しているので報酬《ほうしゅう》は宝石やガラスの像だが、この時代、ガラスは貴重品としてよく売れる。蜜蜂に渡せば、すぐ金に換えてくれるだろう。

「はー、早く桜に会いたい。桜すっごい可愛いから、変な男に目をつけられないか心配」

「ユースタスがついてんだ、大丈夫だろ」

あと蜥蜴《とかげ》も、と心の中でだけ付け加えた。

七百年越しに蘇《よみがえ》ってもアルベルトのうっとうしさは健在で、アレがベラベラしゃべるたびに砂鉄を苛々《いらいら》させるのだが、あの頭脳だけは頼りになる。彼が桜に貼り付いており、ユースタスの銀魚《ぎんぎょ》の力がある限り、自分たち二人がついていなくても大丈夫だろう。

桜命の三月が彼女と離れて仕事をすることに懸念《けねん》が無いのは、ユースタスとアルベルトのおかげもある。

だが一番は、この時代の情報伝達の遅さのせいだ。

七百年前に蒼眼《そうがん》がいたら、「邪眼《じゃがん》殺し」の娘の噂など一瞬で世界中に回ったはずだ。桜の顔写真はニュースで流され、誰もが彼女の顔を知る。実際、錆丸《さびまる》がそうだった。

しかし、写真という技術はほぼ失われた。カメラの原理を知る者も少なく、ごくまれに「遺跡」から発見される写真は精巧な細密画《さいみつが》だと思われる。

さらに、桜の現在地の情報が出回る心配も低い。

パスポートなど無いし、欧州《ヨーロッパ》の国境はほぼ消え失せた。無数の領邦《りょうほう》国家が、文明も自然も破壊された荒野にポッポッと存在する程度だ。五百年ほど前の戦争で使われた電磁波爆弾のせいか伝書鳩《でんしょばと》も使えなくなり、手紙は馬か徒歩で届けるしかない。

蒼眼の誰かが桜の居場所を知り、他の蒼眼に伝えるまでにはかなりの日数がかかる。しかも、写真など無い。七百年前は数十秒で世界中を駆け巡るような情報が、今では何ヵ月、何年もかかってしまう。

だが金星《きんせい》によれば、これも蒼眼が仕組んだことらしい。

人類の文明を徐々に衰退《すいたい》させ、自分たちが成り代わる。砂鉄と三月は七百年の時を経《へ》て、それを目《ま》の当たりにしつつあるのだ。

「砂鉄、煙草一本めぐんで」

差し出された手に、砂鉄は巻いたばかりの紙巻きを一つ乗せてやった。

砂鉄が今、最も腹が立つことは何かと問われたら迷わず、「煙草が買えないこと」と答えるだろう。

大規模な煙草工場は六百年ほど昔に消滅した。煙草のプランテーションも消えたので、小売店で細々と売られている煙草の葉を自分でちまちまと巻くしかない。パイプ用の煙草の葉そのものも贅沢品《ぜいたくひん》で、紙巻きなど売っていないのだ。

一度、パイプを試してみたこともあるが、どうにも調子が出ないので諦《あきら》めた。これに関しては三月も同意しており、世界中のどこででも気軽に煙草が買えていた七百年前が恋しいと言っている。

（そういや、伊織《いおり》の奴もわりとヘビースモーカーだったな。あの阿呆《あほ》、今頃どこで何してんのやら）

文明から電話が姿を消し、無線機も激減《げきげん》して以来、「桜の守護者たち」である砂鉄、三月、伊織が簡単に連絡を取ることは出来なくなった。そこで最低でも十年に一度はグラナダで落ち合うようにしていたのだが、二百年ほど前からパタリと姿を現さなくなったのだ。

だが不思議と、伊織が死んだ気はしない。

一般人にしては腕が立つ彼だが、砂鉄と三月に鍛《きた》え上げられ、さらに強くなっている。蒼眼にでも睨まれない限り、そうそう命を落とすとは思えないのだ。

さらに、伊織は金星の大事な娘、桜と血のつながりがある。すでに金星は消滅してしまったが、残された何らかの力が伊織を守っている可能性も高い。

グラナダとアルハンブラ宮殿は売り飛ばす予定だが、桜の守護者たちがそこで会えなければ、夏草《なつくさ》の母の墓に集合する取り決めになっている。自分たちもあの場所に向かう旅の途中だし、案外、伊織もひょっこりと姿を現すかもしれない。

「もう一ヵ所、寄り道していい？」

三月が聞くので、砂鉄はうなずいた。どこに行きたいか想像はつく。

「古物商《こぶつしょう》か?」

「今日はねー、ちょっと珍しい商売してる人見つけて」

ジプシーたちにジロジロ見られながら街を歩いた。迷いの無い足取りの三月を見て、ふと思い出す。

「お前の故郷、この辺じゃなかったか」

「この地域のどっか、ってだけ。どこだか分かったわけじゃないんだよ」

三月が故郷を探していたというのは、だいぶ後になってから聞いたことだ。

夏草が生まれ故郷を突き止め、母親の墓を建てることが出来たのを見て、自分も、と思うようになったらしい。それも夏草に勧められてのことだったそうだ。

だが三月はすぐに、自分の故郷探しは諦めた。夏草がどこに眠っているかも分からないのに、記憶にさえ無い故郷なんてどうでもいいと言っていたはずだ。

故郷という言葉を聞くと、砂鉄でさえも少し胸が痛む。死んだ母親の魂は、あの砂漠にあるだろう。金星と共に消えてしまった妹も、砂の下に葬《ほうむ》ってやりたかった。

「夏草を無事に起こせたら、また探せばいいんじゃねえのか。しらみつぶしに歩き回りゃ分かるかもしんねえだろ」

すると三月は苦笑して手を振った。

「いやいや、さすがに七百年前とは風景も何もかも変わってるだろうし、無理だよ。俺、両親や故郷の記憶、全然無いもん」

「でも、大体この辺りってのまでは分かったんだろ」

「そうそう、それがね。めっちゃ意外な人のおかげでね」

「意外？」

聞き返すと、三月はクックッと笑った。

「何と、アルベルト殿下の元恋人」

「――」

さすがの砂鉄も驚いた。

あの眼鏡に恋人がいたなんて。あの言語馬鹿がまともに恋愛など出来たのか？

「エミリー・サンズ博士覚えてる？　言語学者だった女性」

「ああ、名前だけはな」

エミリーは世界語の謎を研究していたらしく、七百年前まで純国語普及委員会という組織に狙われていた。そのため、三月と夏草がひそかに守っていたはずだ。

「彼女、文化人類学だっけ、そういうのも凄《すご》く詳しくてさ。夏草ちゃんが故郷探す時も、言葉とか服装とか天幕の形とかめっちゃ調べてくれて、とうとう突き止めてくれたんだよね。夏草ちゃんのお母さんのお墓建てられた時は泣いて喜んでくれたなあ」

四歳までの記憶しか無かった夏草が、純国語普及委員会に壊滅《かいめつ》させられた故郷の場所を見つけられたのは、エミリーのおかげだったのか。しかし、それがアルベルトの元恋人とは。

「じゃあ俺の故郷も探そっか、ってなった時も、エミリーすっごく協力してくれたんだよ。この街もめちゃめちゃ歩き回って聞き込み調査して。彼女も夏草ちゃんも、俺の赤毛が決め手になるって考えてたみたい」

「赤毛が？」

「今は人種構成もほぼ入れ替わっちゃったけど、俺が生まれた頃はこの辺りって黒髪が多かったんだって。赤毛は北方からの移民かもしれないから、ヒントになるかもって」

なるほど。

だが三月は自分の故郷探しを再開させる気は無さそうだし、確かに、今さらほぼ不可能だとも思う。それよりも砂鉄は、どうしても気になることがある。

「その女学者が、クソ眼鏡の恋人だったたって？」

「そうそう。何と殿下十四歳の時の初恋の相手が大学生だったエミリー。すんごい一途《いちず》に、別れて大人になってからもずっと好きだったみたいだいよ」

「……マジか」

信じがたい話だ。

あのアルベルトに恋人がいたというだけでも驚愕の事実なのに、何年も一途に思い続けていたとは。他人の色恋沙汰《ざた》になどさっぱり興味の無い砂鉄も、エミリーがどんな女だったのかさすがに気になってしまう。

「いつかアルちゃんにこのこと教えて、驚かせようと思ってんだー。エミリーめっちゃいい女になってたよって」

「そうか。蜥蜴を驚かせる時は俺も呼んでくれ、どんなツラすんのか見てえ」

「ははっ、砂鉄でさえもやっぱ気になるよね。俺も楽しみにしてんだ」

そう言いながら三月が入ったのは、頑丈な鉄格子で守られた小さな店だった。看板も無い。

何かの工房のようで、動物の皮をなめす薬品臭がする。棚には数十種類の液体壺《つぼ》が並び、刷《は》毛《け》や針、ピンセットなども置いてある。

「何の店だ、ここは」

「古書修復の専門店。今どき珍しいでしょ、しかもこんな街で」

三月の返事には驚いた。

彼が行く先々で本を買っているのは知っていた。

本が少しずつ世界から消え、本屋や図書館が無くなり始めると、三月は「夏草ちゃんが起きた時のために」と本を集め始めた。

――七百年経《た》って目覚めて、どこにも本屋が無いって知ったら、夏草ちゃん気絶しちゃうよ。

WINGS
大人のための少女マンガ
2021 Oct. 10
ウィングス
2021.8.27【Fri】ON SALE
とじこみ付録ペーパー
びっけ
希望者みんなもらえる◆
表紙イラストカード
尚 月地
表紙・尚 月地　ポスター・尚 月地
予価748円（税込）　新書判
尚月地
表紙・
巻頭カラー!!
「艶漢」
ヤリすぎ上等アデカン祭りッ!!
男たちのお色気アクション、注目の新展開!!
そう、いつだって世界を動かすのは女なのだ!!
覚醒した透羽子に詩郎は——!?
デーデマン家に居着くのか!?
大人気のNo.1執事コメディー
カラーつき!!
池田 乾
「執事セバスチャン
なるしまゆり
新連載スタート決定!!
カラーつき!!
カラーつき!!
魔法使い・泉太郎さんと弟子・春生のくらしにちいさな染みが広がっていく……。
草間さかえ
魔法のつかいかた
好評連載!!
荒川 弘「百姓貴族」
那州雪絵「八百夜」
高嶋ひろみ「山田と加瀬さん。」
びっけ「極彩の家」
碧也ぴんく「星のとりで―箱館新戦記―」
篠原烏童「ファサード　要石」
文善やよひ「蟻の帝国」
かわい千草「僕らの奏でる物語」
霜月かいり　原作：麻城ゆう＋道原かつみ「JOKER REBOOT」
松尾マアタ「リラと花虹、嵐の中。」
佐々木久美子「双璧のカバリエ」
越田うめ「東の森の魔女の庭」
堀江蟹子「ご先祖様とアタシ」
獸木野生「パーム　TASK」
菅野 彰×南野ましろ「必ずあなたの役に立つ海馬」
読み切りシリーズ
夏目イサク　原作：嬉野 君「熱帯デラシネ宝飾店　番外篇・海と結晶」後篇
街子マドカ「かわうそは僕の嫁」
秋60「リクリ」中篇

本好き女子のための、ドラマティック・ライトノベル!!
※予告は一部変更になることがあります。
2.5.8.11月の10日発売
小説WINGS
ウィングス
2021年
夏
大好評発売中!!
定価825円(税込)
表紙・鳥羽雨
―カラーつき・前篇!!―
渡海奈穂×夏乃あゆみ
「伯爵令嬢ですが駆け落ちしたので舞台女優になりました」
駆け落ちしたエディスとウィルフレッドのその後は……?
―巻頭カラー!!―
糸森環×冬臣
「椅子職人ヴィクトール&杏の怪奇録」
今回、杏とヴィクトールが遭遇するアレとは……?
ふんわり(?)オカルト&ほんのり(!)ラブコメ♡
―表紙で登場!―
篠原美季×鳥羽雨
「倫敦花幻譚」
ウィリアムと仲違いしたネイサンだが……?
奇蹟と謎と植物をめぐるシリーズ最終話・前篇!
〔コミック〕
すわのここ
堀江蟹子
TONO
春奈恵×雲屋ゆきお
「作家令嬢のロマンスは王宮に咲き誇る・後篇」シリーズ完結
縞田理理×ねぎしきょうこ「トロイとイーライ
真瀬もと×山田睦月「シャーロキアン・クロニクル re.
和泉統子×北沢きょ
「敵国の捕虜になったら、なぜか皇后にされそうなのですが!?・前篇
菅野彰×藤たまき「非常灯は消灯中

そんな理由だった。

夏草は読書家を通り越して活字中毒みたいな男で、いつ何時《なんどき》も本を手放さなかった。戦いの最中でさえだ。

自分が気軽に煙草を買えなくて辛いように、未読の本を簡単に手に入れられないと知れば夏草は絶望するだろう。そのため三月はせめてもと目についた本を買い集め、世界中に分散させて保存しているのだ。

それにしても、本そのものが珍しくなった世界で古書修復店など成り立つのだろうか。三月だってあちこちの古物商や遺跡で入手しているというのに。

古書修復店の奥は工房になっており、中年の男が座っていた。三月を見ると、眼鏡をずり上げる。

そう言えば、いつの間にか眼鏡をかける人間も見なくなった。材料であるガラスやプラスチックが簡単に手に入らないからだ。

「いらっしゃい。出来てますよ」

「あんがと。これ代金ね」

三月が大粒のルビーを机に置くと、眼鏡の男は布で包まれた本を出した。

「世界語版『草の葉』とマーリ語版『バルカン幻想』です。くるみ製本を全てばらして、蠟《ろう》引きの亜麻糸《あまいと》で綴《と》じて糊付《のりづ》けし、新しい皮の表紙をつけました。お金に糸目はつけないって注文だったんで、紙には全て酸化防止剤を塗ってます」

たった二冊の本がルビーと交換されるほど、本は貴重だ。そもそも紙が馬鹿みたいに高い上に、現代の本は全て手書きだからだ。

これが、三月も金が無い理由だ。

砂鉄は三月から借金までしてグラナダを買い取ったが、三月は残った金をほぼ、本集めにつぎ込んでいる。夏草の好みを考慮する余裕もなく、生き残った本をとにかく集めまくっているのだ。

「『草の葉』をお買い求めになるとは、お客さんも目が高いですね。私も修復しながら読みましたが、素晴らしい文章です」

「いや、俺は読んだことないの。これプレゼントだから」

「ああ、獣御前《けものごぜん》さまへのお布施《ふせ》ですか？」

唐突に出てきた意外な言葉に、三月は目を見開いた。いや、と首を振ってから聞き返す。

「獣御前へ、こんな高いもん寄付する人いるの？」

「というより、獣御前さまたちがよく、修繕《しゅうぜん》のために古書を持ち込まれるのですよ。うちのお得意様です」

それは砂鉄も初耳だった。

だが、欧州を広く旅する獣御前ならば貴重な本を入手しやすいだろうし、彼らは裕福な者も多い。本を集めて修復させる、という貴族のような遊びも出来るのだろう。

すると、ちょうど獣御前の一人が店に入ってきた。狐《きつね》のかぶり物をしている。

彼はボロボロになった本を一冊、机に置いた。

「これをお願いしますよ、旦那。ガリアの砂漠で見つけました」

「いつもありがとうございます、狐御前さま」

なるほど、獣御前たちが出入りするから、治安が最悪の街でもこの店は無事なのか。獣御前たちは信仰の対象となっている一方、傷つけたり死なせたりすると恐ろしい呪いが降りかかるとも恐れられているのだ。

狐御前は店主に本を預けると、いきなりこちらを向いた。

三月に向かって言う。

「あなたはアレクサンドリアですか？」

「え、俺？　……いや違うけど」

困惑したように返事をした三月は、軽く首をかしげた。

「そのアレクサンドリアですか、って前も聞かれたけどさ、何なの？　俺、そんな名前じゃないんだけど」

「あなたがアレクサンドリアでなければ、いいのです。——では、失敬」

さらりとそう言った狐御前は、すうっと店から出て行った。

「あ、ちょっと」

三月が後を追おうとしたが、狐御前はちょうどやってきた獣御前たちの一群に吸い込まれてしまう。彼らは、アレクサンドリアの奇妙な歌を歌いながら通り過ぎていった。

「何で俺ばっかり、アレクサンドリアですかって聞かれんだろ。砂鉄は聞かれたことある？」

「ねえな」

欧州はあちこち回ったが、獣御前にそんな質問をされたことはない。ローマで会った熊御前の一人は、自分たちも意味を知らずにあの歌を歌っていると言っていたはずだが、なぜ三月だけがアレクサンドリアかと尋ねられるのだろう。

その時、砂鉄の服をくいくいと引く者があった。

見下ろせば、熊御前だ。頭に花を飾っているところを見ると、中身は女か。

「あの、砂鉄と三月？」

「あ？」

「黒髪に片目の砂鉄と、赤毛の優男《やさおとこ》の三月で、合ってる？」

砂鉄と三月は顔を見合わせた。

この熊御前に見覚えは無いが、彼女はこちらを知っているようだ。

「お前は誰だ」

「ピレネーの熊息子《くまむすこ》ジャンから、手紙だよ」

ジャンというと、ローマで会ったあの妙な奴か。桜に恋文をねだっていたが、あれがなぜ、自分たちに手紙を送るのだ。

不審に思いながら受け取った砂鉄が封筒を返すと、そこには蜜蜂《みつばち》の印章と桜の花びらが描いてあった。

「桜！」

三月が驚いて声をあげる。

このマークには砂鉄も見覚えがあった。桜が幼かった頃、手紙に「じぶんのまあく」としてクレヨンで描いていたものだ。

慌てて封筒を開いた三月はサッと目を通した。顔色が変わっている。

「桜……」

三月は読み終えた手紙を砂鉄に差し出した。顔が青ざめている。

手紙を届けてくれた熊御前の娘にコイン代わりのガラス玉を渡し、砂鉄も手紙を読んでみた。

――ユースタスの筆跡。

七百年経《た》っても忘れられるはずがない。

どこか生真面目な印象を与える、整った文字。彼女そのものの字体だ。

だが手紙の内容はただならぬものだった。桜たちはサボルチという伯爵夫人の城で蒼眼二人に襲われ、熊息子ジャンの助けで命からがら逃げ出したらしい。今からジャンの友人の元へ身を寄せる予定だ、とある。

三月が煙草を投げ捨てた。

「女子修道院か。最速で向かうよ、砂鉄」

「ああ」

女好きの三月が「女子」修道院に言及《げんきゅう》しないとは、よほどの事態だ。砂鉄も最速に異議は無かった。


桜たちの乗った幌馬車は人目を避けるように進んだ。

小麦畑や葡萄《ぶどう》畑を過ぎると、枯れた背の高い花が一面を覆い尽くす丘に出る。種から油を取るためのヒマワリという植物だそうだが、首の折れたようにうなだれ、夏の太陽で黒々と影を落とす枯れた花の姿はひどく不気味だった。

御者台《ぎょしゃだい》のジャンが振り返って言った。

「ヒマワリの咲いているところをお見せしたかった。この辺りでは『夏の娘』と呼ばれるのですよ、太陽みたいな少女、という意味で」

少女、という言葉を聞いて、桜の胸がふいにドキリとした。

伯爵夫人の城に捕らえられている少女たちのことを思い出してしまったからだ。

あの時は自分たちが逃げるだけで精一杯だった。蒼眼二人相手にかなうわけがない。分かってはいる。

――でも。

「桜さん、ジャンさんに馬車を停めるよう頼んで下さい」

考え込んでいた桜に、アルちゃんがいきなりそう言った。

「ここで？」

丘をゆるゆると登るだけの一本道だ。馬を休憩させるにしても、水場も無い。

だがアルちゃんが再びそう言うので、桜は幌から身を乗り出し、ジャンに頼んだ。

「馬車、停めてもらってもいいですか？　ヒマワリって初めて見るから珍しくて」

「ああ、いいですよ。女子修道院まであと少しですし、おやつにヒマワリの種を食べてごらんなさいな」

馬車を出た桜が枯れたヒマワリを見るふりをしていると、アルちゃんはスルスルと地面に降りた。道の表面をじっと見ている。

ユースタスも道に片膝をつき、ジャンに聞かれないよう小声で言った。

「何かに気づかれましたか、殿下」

「ユースタス、この道を舗装《ほそう》している材質に見覚えはありませんか」

道を舗装している材質？

桜も気になって身をかがめ、道の表面をそっとなぞってみた。黒っぽい石が敷き詰められているようにも見えるが、あまりデコボコしておらず、かなり滑《なめ》らかだ。こんな不思議な道は初めて見る。

ユースタスも膝をつき、道をなぞっていたが、ハッと息を飲んだ。

「アスファルトだ」

「そうです。割れた箇所《かしょ》もきちんと補修されています。——蜜蜂くん、あなた、この素材をどこかで見たことはありますか？　古い言葉では瀝青《れきせい》とも呼ばれ、ミイラの防腐剤《ぼうふざい》としても用いられました」

「瀝青？　あー、聞いたことはあんな、古い遺跡でたまーに見つかるって」

「そうです、この時代ならば古い遺跡にしか無いはずのものでしょう。だが、この道を補修した誰かは、天然のアスファルトで道を舗装する技術を知っている……」

アルちゃんとユースタスは同時に考え込んだが、やがて顔を上げた。

「とにかくこのアスファルトを進みましょう、殿下。女子修道院はもうすぐだそうですから」

馬車でヒマワリの丘を進むと、やがてこの黒っぽい「あすふぁると」という道を歩む人々が増えてきた。巡礼者、と呼ばれる人たちのようだ。

やがて女子修道院の塔が見えてきた。

円筒形のころんとした屋根が乗っており、今まで桜が欧州で見た「とんがった」石造りの教会とはまるで形が違う。近づくと、修道院そのものも丸っこい形になっていると分かった。木造の壁には鮮やかな絵がびっしりと描かれ、どこか可愛らしい雰囲気の建物だ。不気味な枯れたヒマワリの丘を抜けてきたばかりなので、桜は何となくホッとした。

修道院の塀《へい》の前に一行は降り立ったが、アルちゃんとユースタスは再び地面を気にしていた。ひそひそと囁き合う。

「ご覧なさい、ユースタス。ここは昔、観光バスが停まる駐車場だったのでしょう。ここもアスファルト補修がしてあります」

「ペンキで描かれた番号も、塗り直しているようです。現在、大型バスなど存在しないと言うのに」

「この修道院には、アスファルト塗装という滅んだ技術を持つ人物がいるということですね」

次々とやって来た女性の巡礼たちは、修道女から聖堂へと案内されていった。そこで祈りを捧《ささ》げ、巡礼専用の宿泊所に泊まるらしい。送ってきただけの男性の護衛は、修道院の敷地外にある男性宿泊所で待機するそうだ。

案内の修道女はこちらに気づくと、大急ぎでやってきた。

「まあ、ピレネーの熊息子ジャン様！　お久しぶりですこと」

「ご無沙汰《ぶさた》いたしております。修道院長に手紙は差し上げましたが、友人を匿《かくま》って頂きたく、参上いたしました」

ジャンが三人を振り返ると、ユースタスは優雅な物腰で彼女に一礼し、その動作一つで敬虔《けいけん》な修道女の頬を赤らめさせた。

「私はユースタスと申します。この少女は桜、少年は蜜蜂。ジャンどののご厚意《こうい》により、こちらを訪ねて参りました」

「は、はい、修道院長からうかがっております。桜さんは修道女見習いとして受け入れますので、修行にも参加して下さい。騎士様と男の子は修道院の敷地に入れませんので、そちらの男性宿泊施設へどうぞ」

修道女見習いか。

犬蛇《けんじゃ》の島に「桜の友達」として一番最初に来てくれた金星堂の娘は、フランスという国の修道女ミシェルだった。すでに七百年も前のことなので聞いた話はほとんど忘れてしまったが、彼女がとても優しかったのは覚えている。八歳だった桜は彼女にべったりだった。

(あんなお姉さんがたくさんいるなら、ここはきっといいとこのはず)

桜がそう期待したとたん、蜜蜂に袖《そで》を引かれた。コソッと囁かれる。

「いいか、修道女なんて世間知らずの処女ばっかだぞ。お前、男を見る目が皆無《かいむ》なんだから修道女の話なんかまともに聞くなよ、余計に悪化すっかんな」

あんまりな物言いだが、蜜蜂なりに桜を心配してくれているらしい。おそらく、桜が蜜蝋《みつろう》に釣られそうになったあの夜のせいだ。

「う、うん」

とは言え、女と数人の獣御前しか入れない空間というのは安心できる。修道女の修行、というのも何だか楽しそうだ。

桜とジャンは、修道女に案内されて建物の中に入った。

「わあ」

天井画の見事さに思わず声をあげる。空も大地もどこか陰鬱なこの国に来て初めて見た、美しいものだ。

すると、修道女が唇に指を当ててみせた。

「お静かに。当院では静寂を重んじます」

「す、すみません」

とはいえ、彼女は桜が天井画に見とれたことにどこか満足げな様子だった。

全く足音を立てない修道女に続き、桜はそろそろと忍び足で進んだ。

修道院の内部も鮮やかな壁画で覆《おお》われており、あちこちの机に座る修道女が何やら作業をしている。小刀で木版《もくはん》を彫《ほ》ったり、それに色を塗ったりしているようだ。額縁《がくぶち》には宝石も埋《う》め込まれている。

ジャンが小声でこっそり説明してくれた。

「聖画像《イコン》を作っているのですよ。聖母子像や聖人などを板に描いたもので、お守りとしても人気があるので、私たちがこちらで仕入れ、行く先々で配ります」

へえ、と桜は心の中で感心した。

聖画像には世界語《シージエユー》の文字が刻まれていた。修道女が作業する手元を見ると、細長い木片《もくへん》を組み替えて「聖母マリア」「魚」などの単語を作り、インクをつけては板に押しつけている。

（あれ？）

これは、どこかで見た光景だ。

ジャンが一つずつ文字の刻まれた歯を組み替え、「熊息子ジャン」や「恋文待ってます」と紙に印字してみせた。

そしてアルちゃんはそれを、「世界を変える力がある」と言い、絶対に忘れるなと念を押した。

だが、この聖画像をいくら見てもまだ分からない。

――こんなことが？

ジャンが言った。

「私はここで、聖画像担当長の修道女さまと打ち合わせを行います。桜さんは早速《さっそく》、見習い修道服に着替えた方がいいでしょう」

彼と離れるのは何となく心細かったが、桜は修道女に案内されて見習い尼僧《にそう》の宿坊まで連れてこられた。寝台と蠟燭《ろうそく》立て、小さな棚しか無いが、犬蛇の島では掘っ立て小屋で寝起きしていた桜から見れば天国だ。

「桜さんはこれから、修道院に入ることを希望する『試しの期間』に入ります。その間はこの服を着て下さい」

言われるままに見習い修道女の服に着替え、髪はヴェールで覆った。本物の修道女と違って見習いは前髪を下ろしてもいいらしい。

最後にエプロンをつけ、アルちゃんをそっとポケットに入れた。黒と白だけの服だが、体に合っていて可愛い気がする。

服を換え、それに可愛いなどと思うのは初めてだ。

世の中の女性には一般的な心情らしいが、桜も少しずつ、「普通」の女の子に近づけているのだろうか。

「修行の内容は修道女と同じです。あなたは葡萄酒の醸造所《じょうぞうじょ》でお勤《つと》めを果たしてもらいます」

「あの、弓矢を持ち歩いてもいいですか？　手放したくないんです」

すると修道女は鷹揚《おうよう》にうなずいた。

「本来は許されませんが、あなたが追われていることは修道女一同、承知しております。聖堂に入る時以外なら、身につけていて構いません」

桜はホッとして、見習い服の上から弓と矢筒《やづつ》を背負った。こっそりとナイフも忍ばせる。

「では醸造所に案内します、こちらへ」

回廊を渡り、広い中庭に出た。

薬草園《ハーブ》と野菜畑があり、修道女たちがせっせと手入れをしている。

(色んな年齢の人がいる……)

十歳にも満たない幼い少女や眉の白い老女もいるが、畑仕事にせいを出しているのはほとんどが若い修道女だ。彼女たちは見習い姿の桜を見ると、黙礼《もくれい》を送ってくれた。こちらも慌てて礼を返す。

醸造所は、中庭の片隅、墓地の隣にあった。修道院はほとんど木造なのに、ここだけ頑丈《がんじょう》な石造りになっている。中に入るとひんやりし、どこからか冷たい風が吹いてきた。

「近所の農家から葡萄を仕入れ、ここで葡萄酒を仕込みます。醸造は繊細《せんさい》な作業ですから、早く仕事を覚えて下さいね」

「あ、あの、私は畑仕事の方が得意だと思うんですが。お酒は造ったことがないけど、太ったミミズをたくさん集めるのとか大得意です」

だが、修道女は静かに首を振った。

「ジャンさんから、桜さんは醸造所で修行を行わせて欲しいと頼まれております。あなたはここです」

きっぱりとそう言われ、桜は不思議に思った。

どうせ修道院の敷地内だし、どこで作業しようと同じなのに。なぜジャンは、醸造所に限定したのだろう。

修道女は深い溜息をついた。

「落ち着いて修行に励《はげ》んで頂きたいのですが、最近、ここも少々騒がしくてですね」

「騒がしい？」

「そのうち分かります。本当に、もう……」

再び溜息をついた修道女が、ゆっくりと首を振る。いったい何のことだろう。

ふと、桜は足下に何かが落ちているのを見つけた。何気なく拾ってみると、さっき聖画像を作っていた修道女たちの手元にあった、細長い棒だ。

光にかざしてみると、先端に反転した小さな文字が彫られていた。世界語のアルファベットの一つだ。

「あの、これ」

落ちてましたよ、と桜が修道女に言おうとした瞬間だった。

中庭から修道女の悲鳴が聞こえてきた。それも複数だ。

慌てて醸造所から飛び出した桜は、異様な光景を目《ま》の当たりにした。

薬草園や野菜畑の間を、修道女たちが悲鳴をあげて逃げ惑っている。

それを追っているのは、一人の男。

——全裸だ。

丸裸の男が、満面の笑みで修道女たちを追い回している。

「神の僕《しもべ》の彼女たち！　若い！　可愛い！　処女ばかり！」

桜は呆気《あっけ》にとられ、素っ裸の男を見た。

彼はガニ股《また》でバタバタ走りながら、半泣きの修道女の前で足を大きく開いてみたり、必死に逃げようとする修道女には抱きつく素振りで怯《おび》えさせたりしている。

桜のエプロンから顔を出したアルちゃんが、呆れて言った。

「あの男は敬虔な修道女に裸を見せて喜ぶ変質者ですね。忍び込んできたのでしょう」

「桜！　どうした！」

塀の外からユースタスの大声が聞こえてきた。

修道女たちの悲鳴を聞きつけたはいいが、中に入れずやきもきしていたらしい。

桜も叫び返した。

「変な男の人がいる！　待ってて、追い立てるから」

桜は弓に矢をつがえ、全裸男の足下に打ち込んだ。

足の甲すれすれを射《い》られ、さすがの変質者も足を止める。

「立ち去れ！」

男は驚いた顔で桜を見ていたが、ふいにニンマリと笑った。

「新入りの見習いちゃん！　こっちも処女だね！」

奇声を発しながら桜に向かってくるので、彼の腕を掠《かす》めるよう矢を放った。

狙いどおり矢尻は彼の皮膚を裂いたが、男の突進は止まらない。嬉しそうに桜に急接近してくる。

「桜さん、逃げて！」

アルちゃんが叫んだが、桜は一歩も引かなかった。

ここから追い払って外のユースタスに退治してもらおうと思っていたが、こうなったら仕方がない。全裸男の腿《もも》に矢を打ち込んで足止めし、修道女たちと力を合わせて縄をかけよう。

そう考えて桜が弦《つる》を引き絞った瞬間、男は跳躍した。

太陽に照らされて大きく足を広げ、素晴らしい大ジャンプをした彼はブナの枝に飛び乗り、修道女と桜に向かって再び股間をみせると、甲高《かんだか》い笑い声を発した。そのまま塀を跳び越え、修道院の外へと逃げていく。

呆然とした桜は、その場にへなへなと座り込んだ。

修道院から出た全裸男は、今度は男性宿泊所にいた男たちに追い回されているようだ。こっちだ、と叫ぶユースタスの声もする。

案内してくれていた修道女が、怒りのあまり目に涙を滲《にじ》ませて言った。

「あの男、若い修道女たちが庭仕事をする時間になると、しょっちゅうああやって全裸で飛び込んでくるのです。山猫のようにすばしこくて、どうしても捕まえきれません」

桜は修道院の外に出てみたが、男性宿泊所の男たちも全裸男を取り逃がしたらしい。ユースタスが首を振りながら、剣を鞘《さや》に収めている。

「全く、何という不埒者《ふらちもの》だ。敬虔な修道女に自《みずか》らの裸体を見せつけようなどと」

「その辺の村の女じゃなくて、修道女ってのがたまんねえんだろうなあ」

蜜蜂も呆れ顔だった。全裸男は非常に動きが素早く、この辺りの地形も知り尽くしているため、捕まえきれなかったそうだ。

アルちゃんも苦笑交じりで言った。

「立ち向かってくる敵ならばユースタス一人で十分倒せるでしょうが、男性不可侵の修道院において自らの裸を見せたいだけの男が相手では、手を出しかねますね」

せっかく匿ってもらったというのに、こんな騒ぎが連日続いては蒼眼の目を引いてしまうかもしれない。何とかアレを退治できないだろうか。

桜は考え込んだ。

非常に敏捷《びんしょう》で、跳躍力のある敵を捕らえる方法。

ふと、思いついた。すばしこくてジャンプが得意な動物なら、犬蛇の島でよく捕獲していたではないか。

桜はユースタスと蜜蜂に言った。

「兎《うさぎ》用の罠《わな》を張ろう」

罠で全裸男を捕まえる、と桜が修道女たちに言うと、困惑された。

「罠？　人間を捕まえられる罠を設置するということですか？」

「大がかりな罠を仕掛ける時間はありません。ここで作業できるのは女の人ばかりだし、くくり罠と投網《とあみ》で男を捕獲しようと思います」

桜は作戦を説明した。

修道院の塀の外では、ユースタスが指揮する男たちによって、尖《とが》った丸太が運ばれてきている。これを塀の上に設置し、男の侵入を拒《こば》もうとしているよう見せかけるのだ。

「見せかける？」

「塀をぐるりと丸太で囲ってしまうためには、かなりの日数が必要でしょう。全裸男は遠くからこの修道院を観察してるでしょうし、丸太の補強が完成する前に、絶対にまた侵入しようとするはずです」

全裸男は、まだ丸太の補強が出来ていない塀を乗り越えてやってくる。今までよりは侵入経路が予想しやすい。

「そして修道院の庭に、罠を二つと罠に見せかけたものをいくつか用意します」

本命の罠は腐葉土《ふようど》に隠したくくり罠と、樹上に設置した投網だ。

だが変態の目を欺《あざむ》くため、あえて見抜きやすい罠のような箇所《かしょ》もいくつか作る。

「簡単なのは落とし穴っぽいものです。軽く土を掘り返して、わざとらしく落ち葉で隠すと、用心深い動物は避けて通ります。そのルートにくくり罠を設置するんです」

くくり罠は、ロープで作った輪の中に獲物が足を入れると作動する仕組みだ。相手は兎ではなく人間なので、重さに耐えられるようロープは五本、より合わせる。

さらに、そのくくり罠を突破された時に備えて投網もブナの樹に仕掛ける。変態が真下に来たら、桜が矢を射ってロープを切り、網を落とす予定だ。

「この作戦を成功させるためには、修道女の方々も逃げちゃ駄目です。農具を構えて中庭の道を塞《ふさ》ぎ、全裸男を罠に誘導して下さい」

修道女たちは罠の効果に半信半疑だったが、桜が野菜畑を荒らしていた野ねずみをくくり罠で数匹捕まえて見せると、協力すると約束してくれた。修道院の敷地内にて女だけで変態を捕獲、そのまま門から突き出して男たちに縛り上げてもらい、巡回裁判所まで運ぶ予定だ。

塀の外にいるユースタスや蜜蜂とも打ち合わせを重ね、変態捕獲作戦は始まった。

罠を設置し終えて三日後、桜も醸造所の作業に慣れてきた。奇妙なことに、わざわざジャンから「醸造所に」と送り込まれたにもかかわらず、桜の仕事といえば掃除だけだった。まだ葡萄の収穫期には早いので、大してすることがないのだ。圧搾機《あっさくき》やワイン樽《だる》の間を乾拭《からぶ》きして回るしかない。

曇天《どんてん》の多いこの国で、珍しく良く晴れた昼下がり。修道女の一人が呟いた。

「今日辺り、来るでしょうね」

「分かるんですか？」

「晴れた日ほど喜んで裸体をさらすのですよ、あの変態は」

その予感は修道女の誰もが持っていたようだ。

決戦は今日、という雰囲気が広がり、いつもは豆のスープとパン、葡萄酒だけの昼食にチーズとハムが添えられた。特別に葡萄ジュースをもらっている桜も、しっかり昼食をとりながら変態が現れた時のシミュレーションを頭の中で繰り返す。

昼食の時間が終わり、若い修道女たちが庭仕事を始めた頃、奴はやってくる。今度は絶対に逃がさない。

と、桜が戦いの覚悟も新たにパンに噛みついた時だった。

外から悲鳴が聞こえてきた。

「えっ」

驚いて振り返る。

今の時間、修道女たちは全員、食堂にいる。外にいるのは巡礼の女だけだ。

桜は慌てて立ち上がった。

まさか、この時間にもうやって来た？　変態はもしや屋内への侵入を試《こころ》みようとしているのだろうか。

桜は修道女たちに指示した。

「それぞれ農具や棒を持って、打ち合わせどおりの位置に！」

彼女たちは深くうなずき、それぞれの待機場所へと散っていった。

桜も残っていた葡萄ジュースを飲み干し、弓を片手に教会堂の二階に昇った。

武器を持つ桜は円筒形の屋根に身を伏せ、変態が庭の良い位置まで来たら投網を射って落とすのだ。それまでは修道女たちに頑張ってもわらないと。

二階の天窓から屋根に出た桜は、そっと顔を出して庭を見下ろした。

変態は相変わらず素っ裸で、修道女に取り囲まれて高笑いをしている。

「処女のみんな、今日はどうしたの、みんな干し草フォークや鍬《くわ》なんか持っちゃって。ボクを捕まえるの～？」

修道女たちは怒りの形相《ぎょうそう》だが、何も答えない。ただじりじりと位置を変え、変態をくくり罠へ誘導しようとしている。

「いきなり塀に丸太なんかつけ始めるし、ボクみても逃げ出さないし、戦うつもり？　可愛いなあ、もう」

ヘラヘラ笑う全裸男に、石つぶてが投げつけられた。

大げさに、おお痛い痛いとおどけてみせ、変態はその場でくるりと一回転してみせる。太陽の光を浴び、股間のモノが揺れた。

だが修道女たちは挑発に乗らず、石を投げたりフォークを突きつけたりして、変態を少しずつ罠へと押しやっている。

「さすが、覚悟の決まった修道女は違いますね」

アルちゃんが感心するとおり、祈りの場を荒らされた彼女たちの怒りは凄《すさ》まじく、誰も悲鳴をあげず、異性の裸体に頬を染めたりもしない。

だがなぜか、桜の頬が熱くなってきた。

「……あれ?」

何でだろう。決戦の興奮で自分も熱が上がってきたのだろうか。

一人の修道女が、かけ声と共に鍬で変態に襲いかかった。

飛びすさった変態は偽落とし穴のすぐ側《そば》まで追いやられ、地面をちらりと見ると再びジャンプする。――くくり穴の真上だ。

(上手い!)

だが罠が作動した刹那《せつな》、変態はさらなる跳躍をした。

宙返りしてくくり罠を抜け、地面に着地すると妙なポーズをとってみせる。

「ふふふ、偽落とし穴のすぐ横にくくり罠、見え見えだよ。国中の女子修道院に侵入し続け二十年、ボクを捕まえられるもんか」

逃げられた。

桜は変態の敏捷性《びんしょうせい》に唖然《あぜん》としつつも、急いで弓を構えた。

残るはブナの樹上に設置した投網だけ、あれを射落とさなければならない。

だがなぜか、弓につがえた矢が震えた。

射貫《いぬ》くべきロープもぼんやりとしてよく見えない。

おかしい。

絶対に外す距離じゃないのに目標がぶれているし、頬はさらに熱くなるし、心臓もドキドキしている。自分はこんなに、本番に弱い人間だったのか。

変態が修道女たちをからかいつつ、投網の真下まで来た。

(今だ!)

桜が打った矢は、ロープから大きくそれた。慌てて二の矢をかけるも、やはり外れる。

さらに足下がぐらついた桜は、屋根からふらりと落ちた。

「桜さん!」

アルちゃんの悲鳴。

桜は無意識に宙返りして修道院の庭に降り立ったが、やはり足下はフラフラしていた。

頬を真っ赤にしつつ何とか立ち上がるも、視界がぐるぐる回っている。

アルちゃんがハッと息を飲んだ。

「桜さん、さっき飲み干した葡萄ジュース、まさか隣の人の葡萄酒だったんじゃ……！」

彼のその声も、桜はどこか遠くで聞いていた。

変態は突然屋根から落ちてきた桜に驚いたものの、弓を手にしているのを見てすぐに、もう一つの罠の存在に気づいたらしい。ニヤーッと笑ってブナの樹を見上げ、葉の生《お》い茂った枝を指さす。

「あそこに網が仕掛けてあるんでしょ。バレバレだよ〜、弓矢の見習いカワイコちゃん」

さらに変態は、頬を染めた桜を見て何か勘違いしたらしい。自分の股間を突き出しながら、軽くジャンプして見せた。

「恥ずかしがっちゃって可愛いねー、顔真っ赤だよ。ボクのボクに驚いちゃったかな？」

「あのー」

桜は彼の言葉を遮《さえぎ》った。

朦朧《もうろう》とする頭で、とにかく思いついたことを言う。

「あなたの男性器は、体内に出し入れ可能なんですか？」

「……え？」

変態は目を見開いた。

羞恥《しゅうち》に頬を染めているはずの桜から突拍子《とっぴょうし》もないことを言われ、戸惑っているようだ。

桜は回らぬ舌で続けた。

「私、子供の作り方を島の先生たちから図解で習ったんです。本物の男の人は見たことなかったけど、絵で教えてもらったから大体こんなもんかなーって思って。でもあなたの男性器、絵と違って凄く小さいですね」

「——」

「そこで思ったんですけど、普段、体内や毛皮の中に男性器を隠してる動物って多いですよね。あなたもそうなんですか？　半分ぐらい、お腹の肉の中にまだ隠してるんですか？」

グッ、と耳元でアルちゃんが変な声を出した。笑いをこらえているようだが、桜は構わず、素直な感想を変態に述《の》べた。

「それを女の人たちに見せて、何かいいことあるんですか？」

すると、投網の失敗で黙り込んでいた修道女たちも口々に言い始めた。

「私も男の素っ裸なんて見たことなかったけど、これは小さいような気がする」

「豚よりも小さいね。葡萄を仕入れてる農家の犬と、同じぐらいかな？」

「見た目は気持ち悪いけどね。春先のオタマジャクシみたい」

次々に言われ、変態はその場にがくりと膝をついた。何だか呆然としている。

とたんに、彼の上に投網が降ってきた。

驚いた桜がブナの樹を見上げると、身軽な修道女が枝に登り、ナイフで投網のロープを切ったようだ。急いでその上に飛び乗り、彼を押さえつける。

我に返った修道女たちもワッと歓声をあげ、変態を投網でグルグル巻きにした。ときの声をあげながら、変態を塀の外まで引きずっていく。

「捕まえました！」

桜が叫ぶと、男たちが一斉に変態を袋だたきにした。死なない程度に痛めつけ、巡回裁判所に引きずり出すそうだ。

ユースタスが、やれやれと首を振った。

「全く、飛んだ騒ぎだったな」

「あいつ、チンコ切り落としておかねーとぜってえまたやるぞ」

物騒《ぶっそう》なことを言う蜜蜂に、桜はススッと近寄った。笑顔で言う。

「でも、女子修道院の中でも、男の人がどんなだか勉強はできたよ。裸で外を走り回る男の人、たくさんいるの？」

「たくさんはいねーよ！」

青ざめた蜜蜂に、ユースタスが真面目な顔で付け加えた。

「だが、少なからずいる」

「はい。残念なことに、裸体を見せたがるのは女性より男性の方が遥かに多いのは事実です」

アルちゃんの言葉を聞き、桜は首をかしげた。

やっぱり男の人って、よく分からない。

その後、桜は与えられた見習い宿坊に戻ると倒れこんでしまった。初めて飲んだ酒がぐるぐると回っていたのだ。

「桜さん、大活躍でしたものね」

アルちゃんが忍び笑いで言っていたが、構う余裕は無かった。なぜか彼は桜が変態にかけた言葉がツボに入ったらしく、ずっとクスクス笑っている。

最初に案内してくれた修道女からもねぎらいの言葉をかけられ、醸造所での作業は免除《めんじょ》された。まだ赤い頬のまま眠ってしまう。晩餐《ばんさん》の祈りまでには起きなければならない。

せっかく免除されたが、桜はなぜか夢の中で醸造所の作業をしていた。掃除しかしてこなかったのに、聞かされたワイン醸造の過程をなぞっている。

女子修道院の裏門で、籠《かご》に入ったたくさんの葡萄を農家から受け取る。荷車でそれを運びながら、車輪がいかに大事なものかをアルちゃんから説教される。

葡萄は醸造所内の圧搾機にかける。これも大きな車輪を使っており、足でペダルを踏むと、絶妙な力加減で葡萄を潰してくれる。

圧搾機は葡萄を潰す道具。

なのに、なぜか反転文字を刻まれた細長い棒があちこちに落ちている。あれは、いったい。

ふいに、肩を揺すられた。

「桜さん！」

ぼんやりと目を開けると、ジャンだった。

いくら入院を許可された獣御前とはいえ、見習い修道女の宿坊までは入って来られないはずなのに。蠟燭の灯《あかり》がピカピカの歯に反射している。

もう夜か。自分は晩餐の祈りさえすっぽかし、ひたすら眠っていたようだ。

「蒼眼の追っ手が、この修道院を目指しています。伯爵夫人の愛人ジルのようです」

「――」

一気に覚醒した桜は寝台から飛び起きた。アルちゃんがピッ、と小さな声をあげる。

「かなりの軍勢を引き連れているようです。修道院を取り囲み、桜さんを出せと脅《おど》すつもりでしょう」

「逃げます」

ここの修道女たちに迷惑をかけるわけにはいかない。夜に紛《まぎ》れ、ユースタスと蜜蜂と共に脱出するしかない。

「脱出路を案内します、こちらへ」

なぜ、ジャンが女子修道院の脱出路を知っているのか考える時間は無かった。

不思議な力を持つユースタスが彼を信じると言い切ったのだ、自分も信じるしかない。この状況で他に頼れる人間はいない。

棚から蝶《ちょう》の着物を出し、サッと羽織《はお》った。これだけは置いていくことは出来ない。

蠟燭台を手にちょこちょこ走るジャンの後について、聖画像《イコン》の作業場を走り抜けた。修道女たちが青い顔で右往左往していたが、桜を見ると声をかける。

「蒼眼がここを囲んでいます！」

「私たちはあなたを守りたいけれど、蒼眼に睨《にら》まれてしまったら、言いなりになってあなたを攻撃してしまうかもしれない」

純粋な彼女たちは、匿ってきた桜を蒼眼に差し出してしまうかもしれないことに怯えているようだった。神の声を聞こうと毎日祈りを捧げているのに、あの奇妙な力に屈して人を裏切りたくないのだ。

その時、ドン、と大きな音がした。

修道院の門に何かが打ち付けられている。頑丈な鉄門を壊そうとしているようだ。――男子禁制の女子修道院に何て真似を。

突然、聖画像の制作担当長である修道女が叫んだ。

「皆さま、お覚悟を見せて下さい！」

彼女は作業台からあの細長い棒をいくつも引っつかむと、いきなり口に入れた。ごくりと飲み込んでしまう。

桜が唖然としていると、他の修道女たちも次々と反転文字の棒をつかみ、飲み込み始めた。喉《のど》につかえて苦しいのか、葡萄酒の壺が回される。

何が起こっているのか全く分からなかったが、走るジャンが桜を振り返って怒鳴った。

「急いでこっちへ！」

聖画像の作業場を抜けて中庭に飛び出すと、ユースタスと蜜蜂が塀を乗り越えているところだった。手引きする修道女がいて、この緊急事態において男子禁制の鉄則を破ってくれたようだ。

ユースタスが白いマントを翻《ひるがえ》し、中庭に飛び降りてきた。

「桜、無事か！」

「うん、そっちは！」

「男子宿泊所にいた男性たちは皆、ジルの蒼眼にやられて言いなりになっている。丸太で修道院の門を破ろうとしているのだ」

桜は一気に青ざめた。

つい数時間前、変態捕獲のため修道女に協力してくれた男たちが、今は門を突破しようとしている。

ジャンは中庭を駆け抜け、醸造所へと入った。

隅に並べてあった樽をいきなり蹴倒《けたお》し、短軀《たんく》で転がしている。

「ジャンさん、何を」

「圧搾機を燃やします！」

葡萄酒が入った樽の中に一つだけ、ヒマワリ油が詰めてあったようだ。こぼれでた油が圧搾機の周りに広がっていく。

彼が何をしたいのか分からなかった。だが、アルちゃんが叫んだ。

「皆さん、ジャンさんを手伝って！」

わけが分からぬまま、桜とユースタス、蜜蜂はヒマワリ油を圧搾機に振りかけた。この三日ほど、桜がずっと乾拭きしていたものだ。

その上に、ジャンが何かをバラバラとこぼす。

――あの反転文字の棒。

「活字だ」

アルちゃんが呟く。

ジャンが圧搾機に蠟燭の火を近づけた。最初はちろちろと、やがて一気に燃え広がり、凄まじい炎をあげる。

この緊急事態でなぜ、ジャンが葡萄を搾《しぼ》る道具や細長い棒を燃やすのかさっぱり理解できない。

だが、一つだけ分かった。

ジャンは、この圧搾機や反転文字の棒「活字」たちを、蒼眼のジルに見せたくない。聖画像担当の修道女たちも「お覚悟を」との言葉で必死に活字を飲み込んでいた。世界を変える力を持つもの。

アルちゃんの言葉が、桜の頭の中でぐるぐると回る。あの細長い活字という棒は、そんなに大事なものなのか。組み替えて言葉を作るだけの、あれが？

圧搾機が燃え上がったのを確認すると、ジャンは醸造所の奥へと三人を導いた。葡萄酒の樽の下に、目立たないよう扉が隠してある。

「この地下室は、洞窟《どうくつ》に続いています。近くの滝に出られますから、そこから逃げて下さい」

ふいに気づいた。この醸造所が女子修道院からの脱出口になっているからこそ、ジャンは桜をここで作業させていたのだ。建物の構造を把握させるために。

「ジャンさんは？」

桜が聞くと、彼は熊の歯を光らせて笑った。

「砂鉄さんと三月さんが来るのを待ちます。そして、あなたたちがどこへ向かったかを伝えます。大丈夫、熊のかぶり物があるから蒼眼を遮断《しゃだん》することが出来ますよ」

——どこへ。

どこへ逃げようと言うのだ、この状況で。

この女子修道院には、ジャンが教えてくれたから来ることが出来た。彼のおかげで砂鉄と三月に手紙を託すことも出来た。

だが旅を続けている自分たちには、「拠点」と呼べるべき場所が無い。近くの街に適当に身を潜《ひそ》めることも可能だが、この辺りの地理には明るくない。待ち合わせが出来ない。

桜たちが今から逃げていきそうな場所。そして砂鉄と三月も知っている場所。

唯一思いつくのは、夏草という人の母親の墓だ。そこならば、砂鉄と三月を含め、ここにいる全員で地図で場所を確認している。

だが、遠すぎる。どこかで馬を調達できたとしても、ここからあと何ヵ月旅すればいいのだろう。連絡手段が無ければ砂鉄と三月とはぐれるだけだ。

ふと、桜はもう一つの可能性に思い当たった。

ユースタスが砂鉄と三月に書いた手紙。あれが、無事に届いているならば。

桜は顔を上げた。

「伯爵夫人の城に向かいます」

「ハッ⁉︎」

蜜蜂が驚愕した。桜の肩をガタガタと揺すぶる。

「何言ってんだお前、命からがら逃げ出してきたの、忘れたのか⁉」

「あの手紙に、蒼眼のサボルチ伯爵夫人の城におびき寄せられた、って書いてある。そこに向かうって言えば、砂鉄と三月も来てくれると思う」

高い塔から飛び降りた時は確かに怖かった。

だが、幌馬車で女子修道院を目指す間も、桜はどうしても忘れることが出来なかった。――捕らえられているはずの、他の少女たち。

するとユースタスも言った。

「実は私も、あの城に向かうべきだと考えていた」

「ちょっ、ユースタスまで何言い出すの⁉」

焦《あせ》る蜜蜂に、彼女は苦笑してみせた。

「桜はおそらく、伯爵夫人の生け贄《いにえ》になりそうな少女たちが気になるのだろう。私も、彼女たちを見捨てるのは神の教えに反すると考える」

「いや、あのさあ！　蒼眼が二人だよ？　あん時だって逃げるだけで精一杯だったじゃん、他の女の子たち助けるなんて無理無理無理無理無理」

「いま、蒼眼は城に一人だ、蜜蜂」

ユースタスは冷静に言った。

「愛人ジルは手勢《てぜい》を引き連れてこの女子修道院まで迫《せま》ってきている。城に残っているのは、蒼眼といえど足の悪い伯爵夫人のみ」

「駄目だって、あんなとこ引き返したら俺たち死ぬだけだって！　桜は生き血を絞られて、俺とユースタスは蠟《ろう》人形だぜ⁉」

蜜蜂は必死に説得しようとしていた。

だが桜も、ユースタスの言うことが正しいような気がしてきた。

どうせ、どこに逃げてもジルに追われる。城におびき寄せられた時は蒼眼が二人だから手に負《お》えなかったのだ。

だが、一人ずつなら。

まずはか弱い女性の蒼眼を桜の力でただの人間にし、砂鉄と三月と合流できたら、力を合わせてジルをやっつける。出来なくはないはずだ。

すると、ジャンもしっかりとうなずいた。

「伯爵夫人の足が悪いのは本当との噂です。彼女は動くことができない。ジルが城を空けている今なら、少女たちを救えるかもしれません」

「えええええ、熊のオッサンまでそんなこと言うの……」

蜜蜂は頭を抱えたが、一人で逃げる気は無さそうだ。イヤイヤながらもこの案を検討しているように見える。

アルちゃんがちょろりと顔を出し、桜を見上げた。ジャンがいるので話はしないが、伯爵夫人の城に戻るという案に賛成してくれているように見える。

桜は首をかしげた。

「蜜蜂も来る？」

「行くよ！　ここであんたらを見捨てて逃げたら、俺ぁ、砂鉄の兄貴に貸した金取りっぱぐれるんだぞ！　無一文でクセールに戻ったら死刑になんだよ俺は！」

やけくそのように言った蜜蜂に、桜はにっこり笑ってみせた。

「大丈夫だよー、邪眼殺しの娘がついてるよ！」


ジャンが渡してくれた蠟燭台《ろうそくだい》を持ち、三人は洞窟を進んだ。

だがほとんど足下が見えず、いくつも枝分かれする洞窟の中で迷いそうになる。ひどく寒い。

するとユースタスが、「失礼」と言いながら自分の服の下に手を突っ込んだ。また、あの銀《ぎん》魚《ぎょ》が宙に泳ぎ出す。

蜜蜂《みつばち》が今度こそ目を剝《む》いた。

「……え、何、その光る……魚？」

「私は周囲に自分を男性だと見せかける以外にも不思議な力があるのだ、蜜蜂。この銀魚が道案内してくれる、さ、ゆくぞ」

銀魚はゆらゆらと宙を泳ぎだした。ユースタスはなぜか、蜜蜂に自《みず》らの不思議さをさらすのに抵抗が無いようだ。

蠟燭だけだった時よりも足下が明るく、ほのかな月明かりほどの明るさで洞窟の中が照らされる。蜜蜂が毒気を抜かれたように呟いた。

「マジで蒼眼《そうがん》じゃねえのな、ユースタスは」

「ユースタス・ユーハン・ユレンシェーナ三十二歳だ、よろしく」

淡々とした彼女の言葉に、桜《さくら》は思わず笑った。ユースタスは単純に、自分は蒼眼ではないという意味でフルネームと年齢を言ったのだろうが、何となくおかしい。

洞窟の中は段々と湿っぽくなってきた。遠い水音も響いてくる。銀魚の光がかすかに反射して、洞窟はほの暗い夜の海のようだ。コウモリの群れが恐慌をきたして飛び交っている。

「足下に気をつけろ。苔《こけ》が生《は》えている」

ユースタスの言うとおり、足下がふかふかと柔らかくなってきた。ブーツで踏みつけると、じゅわっと水が滲《にじ》む。

やがて前方に、月明かりに輝く何かが見えてきた。アルちゃんが呟く。

「滝ですね」

ここは滝壺《たきつぼ》の裏側になっているらしい。そんな場合ではないのに、月光を透かして流れる水に思わず見とれてしまう。

(水っていうのは、有るところには有るんだなあ)

万年水不足だった孤島に長年暮らしていた桜は、大量の水を見るとどうしても確保したくなってしまう。滝というのも初めて見るが、水が大量に落ちるとこんなに轟音《ごうおん》がするのか。

三人と一匹はびしょ濡れになりながら滝を抜けた。滝壺は深い淵《ふち》になっており、辺りの岩はびっしりと苔で覆われている。滑《すべ》ってなかなか上れない。

「おお、満月が見事ですね」

呑気《のんき》に言うアルちゃんには誰も返事をしなかった。淵に沈みかけた白樺《しらかば》の幹《みき》を伝い、ようやく森に上がることが出来る。

桜と蜜蜂が肩で息をしていると、ユースタスが冷静に言った。

「女子修道院からはだいぶ離れたようだ。まずは火を熾《おこ》して体を乾かそう」

そんな場合じゃ、と桜は言いかけた。だが、体を乾かすのが先決だと思い返す。

犬蛇《けんじゃ》の島に来てくれた金星堂の娘たちは、桜に様々な知識を授《さず》けてくれた。「さばいばる」に必要なことを学んだが上で島にやって来た女も多く、一通りのことは桜も出来る。

「ええと、体温の確保が最優先、次に水の確保、それから食料の確保」

指を折りながら桜が言うと、ユースタスが濡れ髪をかき上げながらニコリと笑った。

「火は熾せるか、桜。君はこの辺りの植生《しょくせい》に詳しくはないだろうが」

「うーん、多分できる」

桜は月明かりの中で、良さそうな樹を探した。白樺の樹皮《じゅひ》を剥《は》ぎ、樹液《じゅえき》も指に擦《こす》りつける。その間、ユースタスが他の堅《かた》い樹から枝と蔓《つる》を採取《さいしゅ》していた。乾いた苔も集めてくれる。岩に座り込んでいた蜜蜂が、ボソッと言った。

「それで何すんの」

「弓を使えば、この枝が簡単に回転させられるでしょ。摩擦で苔に火をつけたら、白樺の樹皮を燃やして、次に枝を燃やすの」

「何でお前、そんなこと知ってんの……」

「サバイバルの基本だ、蜜蜂。君も覚えておいた方がいい」

そう言ったユースタスは、ふと、口元に手を当てた。

「この技術を私は、どこで学んだのだろう。騎士団ではそんなことは教えられなかった」

すると、アルちゃんが小さな声で言った。

「砂鉄《さてつ》さんですよ」

だがユースタスにその呟きは聞こえなかったようだ。火が大きくなるとすぐ、岩陰で眠り込んでいた魚を何匹か獲《と》ってくる。

桜も梟《ふくろう》を射落として羽根をむしると、鉄製の矢尻を使って解体した。枝に刺して火にくべる。

「いやはや、何とも頼りになる女性陣ですね」

アルちゃんが面白そうに言うが、桜にとって食糧確保は島の日常だった。豊かな森などご馳走《ちそう》の宝庫にしか見えない。

蜜蜂が顔をしかめて言った。

「梟を食うのかよ……森の賢者《けんじゃ》だろ、呪われんぞ」

「えー、梟はただの鳥だよ。食べると夜目《よめ》も利《き》くようになるよ」

桜はそう言って焼き上がった梟肉の串を蜜蜂に差し出したが、彼は首を振った。魚だけをもそもそ囓《かじ》っている。

ふと、アルちゃんが言った。

「そう言えば蜜蜂くん、あなたは『女に殺されると天国に行けない』とおっしゃっていましたね。肉が嫌いなのは信仰上の理由からではないそうですが、あなたの宗教をうかがっても?」

すると、蜜蜂はしばらく黙り込んだ後でボソッと言った。

「孔雀《くじゃく》天使」

「ほう。それはお珍しい」

アルちゃんは孔雀天使が何なのか知っているようだったが、それ以上、蜜蜂に宗教のことを尋ねようとはしなかった。蜜蜂があまり話したくないような顔をしているからかもしれない。

体を乾かした三人は、夜通し森を歩いた。

途中でジプシーの幌馬車が夜営《やえい》しているのに出会い、乗せてくれるよう蜜蜂が交渉する。

彼がジプシーにワインの壺を渡したのを見て、桜はこっそりと聞いた。

「あのワインどうしたの？」

「修道院の醸造所からガメてきた。あそこで作ってんの貴腐《きふ》ワインつって上等なんだぜ、金になる。どこに逃げるにしても金は必要だろ」

桜は驚いた。

ジルに門を破られようとしているあのタイミングで、いつの間にそんな真似が出来たのだ。

彼はフフンと顎《あご》を上げた。

「森の中で火は熾せねえが、こうやって他人と交渉することは得意なんだぜ。俺のおかげで旅の足、確保できたろ」

褒《ほ》めろ、と言わんばかりの顔だった。

なので桜は何となく素直に褒めたくないなあと思い、棒読みで「スゴイね」とだけ言った。

伯爵夫人の城まで、ジプシーの幌馬車で五日かかった。彼らは途中で馬車を停めては、手作りのアクセサリーを売ったり、飼っている熊に芸をさせて金を集めたりするからだ。

だが良い目くらましにもなった。獣御前と同じくあちこち旅をする彼らは、どこにいても目立たない。

鬱蒼《うっそう》とした森に囲まれた城の近くで、三人は馬車を下ろしてもらった。

遠くからアレクサンドリアの歌が聞こえてくる。樹に隠れながらそうっと様子をうかがうと、獣御前たちが城の堀を渡っているのが見えた。荷車で何かを大量に運び込んでいるようだ。

「やっぱり、歌ってねえ奴がたくさんいる」

蜜蜂が呟いた。

「歌ってねえのは子供だ。重心が違う」

「重心？」

「本物の獣御前は小さい大人だろ。頭は大きいし胴《どう》は太い。でも子供は頭が小さくて細い。歩き方が違うんだよ」

ユースタスが驚いたように言う。

「蜜蜂は観察力が鋭いな。耳も良い」

「商売人だから、相手をじっくり値踏みすんのさ。基本中の基本」

するとユースタスは小さく笑った。その笑顔を見て、桜は彼女が「蜜蜂はどこか錆丸に似ている」と言ったことを思い出した。

ジルが手勢《てぜい》を連れて出ているおかげか、城の守りは手薄なようだった。獣御前がちょこちょこ歩き回っている程度で、武装した兵はほとんどいないようだ。

「女の子が閉じ込められてるとしたら、お城のどこだと思う?」

「さて、ああした城の構造は基本的にそう変わりませんが……少なくとも十人ほど閉じ込めてあるなら地下でしょう」

「地下?」

「天守や塔は、貴族たちのすみかです。高いところほど日当たりがよく、湿気が少ないですから。一階は調理場や馬小屋、地下は食料貯蔵庫や牢屋《ろうや》ですね」

アルちゃんの言葉を信じ、桜たちは城の裏手に回った。

桜が矢にロープをつけて城の壁に打ち込み、堀を渡る。蜜蜂がブツブツと「あーマジ無理。ほんと無理」と呟いているのが聞こえたが、何だかんだ言いつつ彼が付き合ってくれるのは分かっていたので、桜は無視した。

獣御前たちに見つからないよう、城壁《じょうへき》の歩廊《ほろう》に忍び込んだ。昼食時で忙しいらしく、使用人はみな調理場で働いているようだ。反して、塔の中にはほとんど人がいない。

地下、地下、と呟きながら桜がこそこそ階段を降りていると、ふいにユースタスが石壁の銃眼《じゅうがん》に顔を寄せた。

「外が騒がしい」

桜もそっと外をのぞき、思わず息を飲んだ。

――ジルの軍勢が森の向こう側に見える。戻ってきたのだ。

蜜蜂が溜息をついた。

「はい、退散退散。今ならまだ逃げられるぜ」

「いや、せっかく忍び込んだのだ。少女たちを逃がす時間はあるだろう」

ユースタスは身を翻《ひるがえ》すと、再び銃眼から城を眺めた。

「堀に渡っている唯一の跳ね橋を壊してくる。時間が稼《かせ》げるはずだ」

「えっ、一人で?」

「今、城の中には伯爵夫人一人だ。しかも北の塔の上。かち合わずに隠密《おんみつ》行動ぐらい出来るだろう」

彼女は階段を昇りながら言った。

「桜と蜜蜂は少女たちを探せ。どうにかして脱出させるのだ」

「どうにかして、ってよー」

蜜蜂がぼやいたが、桜はとにかく少女たちを見つけることにした。逃がす方法は後で考える。取りあえず居場所だけ確認して、砂鉄や三月《さんがつ》と合流してから何とかすればいい。

ユースタスと別れた桜と蜜蜂は塔を下り、賑《にぎ》やかな調理場をやり過ごし、食料庫らしき場所についた。ビールの発酵所《はっこうじょ》もあるところを見ると、ここはもう地下だとアルちゃんが言う。奇妙なほど静まり返り、かび臭い。

ふいに蜜蜂が言った。

「まだ、さらに地下があるな」

「分かるの？」

「風が吹いてくる」

二人でビールの樽《たる》の間を歩き回り、隠し階段を見つけた。鎖《くさり》がかけられているが、なぜか鍵は開いている。埃《ほこり》なども溜まっておらず、頻繁《ひんぱん》に人が出入りしているように思えた。

なぜだろう、ひどく寒い。

二人がそっと隠し階段を下ると、驚くほど巨大な空間に出た。あんぐりと口を開ける。大きな洞窟だった。

岩肌に聖堂が彫《ほ》られ、椅子や机も全てが岩だ。いや、これはただの岩ではない。

「岩塩《がんえん》ですね。塩の洞窟ですよ」

アルちゃんが興味深そうに言った。

「こんなところに岩塩坑《がんえんこう》があるとは。おそらくこの城は、この岩塩坑を隠すために建てられたものですね」

少女たちはどこにもいなかった。

だが、塩の聖堂の向こう側には地底湖《ちていこ》もあり、澄み切った水をたたえている。実に美しい。

奇妙だったのは、燭台には火が灯《とも》り、あちこちに圧搾機《あっさくき》が置かれていたことだ。ここで葡萄《ぶどう》酒《しゅ》でも作っているのだろうか。

「ここ、何?」

蜜蜂も困惑していた。大きな城の最も奥に隠された塩の聖堂。そこには圧搾機しかなく、牢屋などどこにもない。自分たちの囁き声さえ反射する空間は、冷たい空気が澄み切っている。

「あら、いらっしゃい、可愛らしい桜さん」

美しい声が聖堂に響いた。

驚いて振り返ると、獣御前の担《かつ》ぐ輿《こし》に乗った伯爵夫人がいた。

跳ね橋を作動させるのは見張り塔だ。

ユースタスは門番をやり過ごし、見張り塔に忍び込んだ。もう、ジルの軍勢は城のすぐ側まで迫っている。急がなければ。

落とし格子《こうし》と跳ね橋、両方の歯車を破壊してしまえば、ジルも堀を渡るのに手間取るだろう。桜と蜜蜂のために時間を稼ごう。

見張り塔の兵に音も無く忍び寄り、数人、気絶させた。

炭火を囲って酒を飲んでいる予備兵も、剣の柄《つか》で昏倒《こんとう》させる。

落とし格子の巨大な歯車は、簡単に壊せた。ストッパーになっている梶《かじ》の木を挟み込めばいいだけだ。

だが、跳ね橋を上げることが出来ない。巨大な鎖を剣で斬ることも不可能だ。

まあ、これを簡単に壊せるような城なら欠陥品《けっかんひん》だ。危険だが、直接跳ね橋まで行き、兵を脅《おど》して巻き上げさせるしかない。

そう決心し、ユースタスが跳ね橋まで忍んだ時だった。

ふいに、目の前に誰かが降り立った。


蒼眼。


ジルが一人でそこに立っていた。

しまった。

自分の軍勢は後にして、一人だけ先に戻ってきていたのか。何か城に異変を感じたのかもしれない。

すらりと剣を抜いた。

息を整え、ジルの目を睨み付ける。

大丈夫だ、自分に蒼眼の力は効かないようだ。おそらく銀魚の力と打ち消し合っている。

だが、彼が非常に優《すぐ》れた軍人だというのは気配だけで分かった。
自分のかなう相手ではない。
桜と蜜蜂のためにわずかでも時間を稼ぎ、隙を見て逃げ出すしかない。
ジルもゆっくりと剣を抜いた。
ほんの少し手が動いただけで、凄まじい速さの剣戟《けんげき》が飛んでくる。
とっさに避けたが、髪と肩をかすられた。鮮血《せんけつ》がしぶく。
駄目だ、これでは十五秒ももたない。
ユースタスがそう覚悟を決めた時だった。
ふいに振り返ったジルが何かを剣で跳ね上げた。
——針?
どこからか飛んできた太い針がジルを狙っている。
ジルが再びそれを剣で防いだ瞬間、黒い影が彼に襲いかかった。

砂鉄。

なぜ、彼がここに。
そう考える時間も無かった。

ジルがユースタスに背を向けている。加勢をしなければ。

だが、砂鉄が叫んだ。

「近寄るな、お前じゃ太刀打《たちう》ちできねえ！」

とはいえ、砂鉄は太い針とナイフ一つだ。凄まじい勢いでジルと打ち合っているが、剣の長さの分、ジルに分《ぶ》があるのは一目瞭然だ。

「砂鉄さん！」

「来るなっつってんだろ！　逃げろ！」

桜が言っていた。

蒼眼の軍人には、砂鉄と三月の二人がかりでもかなわなかったと。桜の掩護《えんご》があってようやく、一人だけ倒せたと。

駄目だ、このままでは砂鉄もユースタスも殺されるだけだ。だが彼は、逃げろとユースタスに言う。

ふいにユースタスは悟《さと》った。

今、自分に出来ること。ジルに銀魚の力は効かないが、一つだけ。

ユースタスの指先がジルに向かって伸びた。彼が優れた軍人ならば、一瞬だけ気をそらすことが出来る。

銀魚が宙を泳ぎ、ジルに向かっていった。

砂鉄に剣を振り下ろそうとする、その目の前を銀魚が横切る。
刹那《せつな》、ジルは反射的に銀魚を斬った。
返す刀で砂鉄の腹を刺す。
ユースタスは悲鳴をあげた。
だが砂鉄のナイフもジルの首筋を掻《か》き切っている。
——相討《あいう》ち。
ならば、せめて自分がジルにとどめを刺し、砂鉄に応急処置を。
そう思って駆け寄った瞬間だった。ジルが跳ね橋の上に崩れ落ち、砂鉄も膝をついた。
「砂鉄さん！」
彼の唇から火のついた煙草が落ちた。
だが、砂鉄の腹から流れ出していた血はすでに止まっている。
彼は肩で息をしながら言った。
「桜から聞いてなかったか？　俺は刺されたぐらいじゃ死なねえ体なんだよ」
彼の腹の傷はすでに塞《ふさ》がりかけていた。
錆丸《さびまる》と同じ体。
呆然とするユースタスに、砂鉄が立ち上がりながら言った。
「あと、覚えておけ」

彼は懐からマッチを取り出し、自らの右手に火をつけた。みるみるうちに燃え上がる。

「錆丸と同じだ、俺は燃えやすい」

彼は炎の上がる右手をマントで包み込んだ。防炎の素材なのか、すぐに火が消える。

砂鉄の燃える体。

自分は、どこかで見たことがなかったか。

いや、彼とは会って間も無いはずだ。そんな記憶など自分にあるわけがない。

「砂鉄さん、その……」

「あと」

彼は新しい煙草に火をつけ、くわえながら言った。

「砂鉄さん、とか呼ぶな。砂鉄でいい」

「あ、ああ」

ユースタスはハッと我に返った。ジルの軍勢が跳ね橋に迫ってきている。

「では砂鉄。跳ね橋を上げるのを手伝ってくれ。それと……」

「それと?」

「君は燃えやすいのなら、煙草など止《や》めてはどうだ?」

すると彼は、薄く笑った。

「無理」

蒼眼の伯爵夫人は、輿に乗ってしずしずと進んできた。

塩の聖堂の真ん中で止まり、口元に扇《おうぎ》をあててニッコリ微笑む。

「――やっべ」

蜜蜂がボソッと言った。

ここから出る唯一の階段は獣御前たちに塞がれている。彼らをかき分けて進むのは難しそうだ。

伯爵夫人がヴェールを上げた。

(しまった!)

とっさに目をそらしたが、まともに彼女の蒼眼を見てしまった。瞼をギュッとつぶったが、もう遅い。

すると彼女が声高《こわだか》に笑った。

「大丈夫よ、桜さん。私の蒼眼など、効きませぬもの」

「……効かない?」

桜はおそるおそる目を開けた。

確かに、彼女に操られている感覚は無い。

アルちゃんが言った。

「その蒼眼、偽物ですね」

――偽物。

桜が息を飲むと、伯爵夫人は艶然《えんぜん》と首を傾けた。

「ええ、そうよ。私は盲目。蒼眼が偽物だと見抜いた男性は、どなた？　ここにいるのは桜さんと蜜蜂くんだけだと、獣御前たちに聞いていたのに」

彼女は、しゃべっているのが蜥蜴《とかげ》だと気づいていない。

桜と蜜蜂しか塩の聖堂にいないと聞いていたのに、三人目の声がして不思議がっているようだ。

「……本当に、見えてないんですか」

「ええ。この地方の特産品にガラスの工芸品があるでしょう？　もの凄く腕の良い職人に、薄い、うすーいガラスの膜を作ってもらったの。真っ青なね」

彼女は自分の目を指さした。

蒼眼そっくりのようだが、あれはガラス？

アルちゃんが呟いた。

「カラーコンタクトですか」

「そう呼ぶの？　私はね、蒼眼の愛人にされたのが嫌で嫌で、自ら目を潰したのよ。盲目になれば、蒼眼に操られることもないですからね」

蒼眼に操られないよう、自らの目を潰す。

桜はゾッとし、思わず隣の蜜蜂の腕をつかんだ。彼も息を飲み、伯爵夫人を呆然と見つめている。

だが、彼女が偽物の蒼眼ならば、ただの足の悪い貴婦人。ここを突破できる。

桜は震える声で言った。

「お、女の子たちはどこですか。生き血を絞ってるんでしょう」

すると、伯爵夫人は綺麗な声で高く笑った。聖堂に笑い声が反射し、こだまする。

「ごめんなさいね、あの時の私の冗談を信じてしまったのね。女の子を集めて生き血を絞ってるなんて、単なる噂よ」

「噂？」

「そうよ、千年生きてるというのも、少女を殺しているというのも、ただの噂。むかーし、この城にそんな女性が住んでいたらしいから、その逸話を利用したの。子供を集めているのは本当だけれど」

伯爵夫人が振り返って合図すると、輿が床に下ろされた。

担《かつ》いでいた獣御前たちが一斉にかぶり物を取る。現れたのは、子供の顔だ。

「この子たちはね、人さらいに誘拐されて奴隷《どれい》にされそうだったところを、本物の獣御前に助けられたの。今は私のもとで、植字《しょくじ》をしながら働いてるわ」

「しょくじ？」

桜が聞き返すと、アルちゃんが言った。

「活版《かっぱん》印刷ですね」

彼は身を乗り出し、わずかに興奮した声で言った。

「あなたは蒼眼のジルの愛人になったふりでいつの間にか手練手管《てれんてくだ》で籠絡《ろうらく》し、気づかれないうちに操り、活版印刷を復活させようと暗躍《あんやく》していた。葡萄の圧搾機は、活版印刷を発明したかのグーテンベルクも活用していたはずです」

アルちゃんが何を言っているのかよく分からなかった。人知を超えた能力を持つ蒼眼を「手練手管で籠絡」という話も衝撃だった。

だが、ふいに思い出した。

世界を変える力がある、一文字ずつ反転文字を並べていく作業。ジャンが紹介してくれた修道院でも行われていた。

何が何だかまだ分からない。だが、少しずつ繋《つな》がっていくような気がする。

蜜蜂も混乱した様子で言った。

「えっと、偽蒼眼のオバサー――お姉さんは、活版印刷ってのを蒼眼に隠れて復活させようとしていた。ジャンもそれを知っていて、協力していた?」

「うふふ、あの熊息子ジャンは、私の父よ」

それには桜、蜜蜂、アルちゃんの三人とも驚愕《きょうがく》した。

「小さい人は小さい子しか作れないと思いまして? そんなことは無いのよ」

その時、岩塩坑の階段を駆け下りてくる足音がした。

「桜!」

ジャンを小脇に抱えた三月だった。続いてユースタス、砂鉄。

三月が必死の形相《ぎょうそう》で桜に駆け寄ってきた。

「大丈夫だった⁉」

「う、うん……何だか分からないけど、この伯爵夫人、偽物の蒼眼だって」

「だから大丈夫だと申し上げましたでしょ。私の娘ですよ」

三月に抱えられたまま、ジャンが笑った。

「蒼眼はね、知識を人々に伝える『本』をゆっくりゆっくり滅ぼそうとしているのです。だからその本を作る活版印刷は邪魔なのです。手書きの本の十万倍のスピードで知識を拡散できる」

するとアルちゃんも続けた。

「修道院で聖画像《イコン》の活字を見た時から、薄々そうではないかと考えていました。蒼眼が人類の人口を減らそうとするなら、知識を伝える本も滅ぼそうとするはずです」

「本って……そんなに大事なの？」

「大事どころではありません。世界の誰かが素晴らしい発明をする。それは印刷され、世界に広められる。そうやって人類は発展してきたのですよ」

伯爵夫人は三月に言った。

「あなたは、だからアレクサンドリアね。お会いしたかったわ」

すると、三月は困ったように眉を寄せた。桜の肩を抱き寄せながら言う。

「もー、ほんとそれ何？　アレクサンドリアって何なの？　俺、まーったく身に覚えが無いんだけど」

すると、アルちゃんが合点《がてん》がいったようにピッと鳴いた。

「ああ、そういうことですね！　アレクサンドリア、アレクサンドリア、そこには老《お》いも病《やまい》も無し。活版印刷によって作られた本、その知識は滅びることなく受け継がれていく。医学も伝えられる。アレクサンドリアとは、活版印刷を復活させようとする人々のことだ！」

アルちゃんは熱に浮かされたようにしゃべり出した。古代ローマ時代、アレクサンドリアという街の図書館に世界中の書物が集められていたらしい。文芸の女神たちに捧《ささ》げられた書物はこの世の英知の結晶とも呼ばれ、人類の発展に貢献した。

だがアレクサンドリアの図書館は大地震で海に沈んだそうだ。失われてしまった知識の数々を学者は嘆《なげ》き、その悲痛な声は数千年を経《へ》た今でも受け継がれている。蒼眼により知識をそがれつつある危機感のある人々がいるのだ。

失われた知識を復活させようと目論《もくろ》む獣御前のジャンと伯爵夫人、そして女子修道院の仲間たち。彼らは蒼眼の目をあざむき、ひそかに活版印刷を復活させようとしている。

「……いや、俺、印刷とか全然興味ないんだけど」

困惑した顔で言った三月に、アルちゃんが興奮して尋ねた。

「あなた、もしかして本を集めていませんか、夏草《なつくさ》さんのために」

「――集めてるけど」

「だから、伯爵夫人と獣御前たちは三月さんを『仲間』だと思ったのですよ！　獣御前たちはあちこちで本を集め、紙を集め、活版印刷の復活を目論んでいる。三月さんも同じだと」

伯爵夫人は懐から、また写真を取りだした。

「あなたの写真、何枚かありますのよ。この地方に代々、伝わってたみたいですね。何百年も昔の遺跡から出てきました」

三月はますます困惑したようだが、やがて、ポンと手を打った。

「ああ、エミリーか！」

「えみりい？」

「――エミリー？」

桜と同時にアルちゃんが聞き返すと、三月は言った。

「俺の故郷を探すために、エミリーが俺の顔写真を撮ったんだよ。それがこの辺りにばらまかれてたのかあ」

エミリーが何者かは分からなかったが、三月は妙に納得した様子だった。

「ジャンは、最初っから俺の顔知ってたんだね。だからグラナダで近づいてきた」

ジャンはにっこりと微笑んだ。

「実はね、私、アルハンブラ宮殿の出来事をこっそりのぞき見していたのです」

「――え？」

桜が聞き返すと、ジャンはおどけた仕草で一礼した。

「三月さんの顔は写真で知っておりました。はるか古代の『写真』に姿を残す謎の人。あなたがグラナダに上陸した時から、活版印刷を復活させたいアレクサンドリアの仲間ではないかと思い、声をかける機会をうかがっておりました」

だが三月は、グラナダに上陸するなりアルハンブラ宮殿に向かってしまった。そこでジャンは、同行者ながら街に一人で残っていた蜜蜂に近づいたらしい。

「そしてね、白状いたしますとアルハンブラ宮殿もずっと見張っておりました。遠くから、この素敵な道具でね」

彼が懐から取りだしたのは、金属製の筒のようなものだった。入れ子構造になっており、ジャンが繰り出すとするすると伸びていく。アルちゃんが呟いた。

「望遠鏡ですね」

「はい。アレクサンドリアかもしれない三月さんを見張りたくて、遠くからアルハンブラ宮殿をのぞいておりました。そこで、ユースタスさんが不思議な力を使うのを見たのですよ」

ジャンはユースタスの指先から銀の魚が飛び出したのを見た。

彼女に不思議な力があるのは明白《めいはく》だ。もしかしたら蒼眼かもしれない。だが、ユースタスと同行している三月とはどうしても接触したい。

そこでジャンと伯爵夫人は話し合い、三月の一行に接触して少しずつ探りを入れることにした。

「三月さんが味方か敵か、活版印刷を復活させたい我らの仲間なのか、それとも蒼眼の疑いのあるユースタスさんと同じ側なのか、よく分かりませんでした」

ジャンは、ただ三月たちに接触しただけでは警戒されると危ぶんだ。

そこで「危機一髪に陥《おちい》ったところを助けてあげる」作戦に出た。すなわち、血の伯爵夫人と呼ばれる自分の娘の噂を使い、三月の連れである桜を危機に陥《おとしい》れた。そこを救ってみせたのだ。

「桜さんたちに私を信用させる、それから少しずつ活版印刷の情報を小出しにし、仲間かどうか確かめる。そんな作戦でした」

桜は小出しにされた「情報」が何なのかさっぱり分からなかった。

だがアルちゃんとユースタスは薄々、ジャンが活版印刷の復活を目論んでいること、女子修道院もその仲間であること、に感づいていたらしい。修道院からの逃走経路である醸造所にわざわざ桜を配置させたのも、いずれジルが追ってくるだろうことを分かっていたからだ。

「三月さんがアレクサンドリアならば、どうしても仲間に引き入れたかった。活版印刷を復活させるため、古代の本も新しい紙も必要だった」

「だからあなたは、恋文をねだっていたのですね。文章ではなく、上質の紙を求めていた」

アルちゃんが言うと、ジャンはうなずいた。

「金を出して紙をかき集めることは出来ます。ですが、派手にやると蒼眼に目をつけられますからね。ですから私は『恋文乞い』としてひそかに紙を収集しておりました」

すると、それまで黙っていたユースタスが人差し指を立てた。

「あなた方が腹の内をさらして下さったので、私も率直に質問します。私は嘘をつく人間が見抜ける。だがジャンさんに『あなたの目的は何か』と尋問した時、真実を話してはもらえなかった。伯爵夫人が娘であることも」

ふいに、彼女の瞳が銀色に輝いた。ジャンの顔を真っ直ぐに見る。

「私の瞳の力は、あなたには効かないのですか?」

するとジャンは、うふふ、と笑って伯爵夫人と顔を見合わせた。いきなり自分の目に指を突っ込み、薄い鱗《うろこ》のようなものを取りだしてみせる。

「こんたくとれんず、ですよ。娘は盲目ですからずっと蒼眼のふりをしていられますが、私がつけていられるのはせいぜい一時間。それ以上装着していると、失明してしまいますが」

桜はあんぐりと口を開けた。

伯爵夫人がつけているのは蒼眼そっくりな真っ青な「ガラスの鱗」だが、ジャンのものは本人の瞳と同じ色だ。

「これをつけていれば蒼眼の力を遮断《しゃだん》できます。私はユースタスさんが蒼眼かもしれないとの疑いを持っていたので、尋問されそうなタイミングで直前に装着しました」

このガラスの鱗は蒼眼の力を遮断することは出来る。だが視界は極端に悪くなり、失明の可能性も高い。戦闘時などには全く使えないそうだ。

それまで黙り込んでいた三月が、ふいに言った。

「活版印刷を復活させたいってことは、この世の中に本を増やしたいってことだよね？」

「もちろん！」

「その通りです！」

ジャンと伯爵夫人は同時に答えた。ジャンの瞳も、伯爵夫人の見えない瞳も輝いている。ジャンが言った。

「知識は何よりの力。獣御前として集めた書物の数々から知識を得て、孤児たちの力も借りて、私たちはここに印刷工場を建てるつもりです」

「目の見えない私に出来ることは大してないでしょう。ですが、ジルから搾《しぼ》り取った金ならあります」

伯爵夫人が嬉しそうに言った。彼女は「てれんてくだ」で若いジルから少しずつ金を奪っていたらしい。

三月が呟いた。

「印刷工場か……本を作れるようになったら、初版を俺にくれる？　活字中毒ちゃんにプレゼントしたいから」


冬が来る、冬が来る。

桜《さくら》たちはジャンと伯爵夫人の「ひそかなる印刷工場建設」に協力することになった。東欧《とうおう》の秋は少しずつ深まっていく。

木の葉の色が変わるのに桜は驚き、朝、地面が白くなるのにも驚愕した。霜《しも》というそうで、小さな氷の粒が地面に貼り付いている状態なのだそうだ。

桜は毎晩、天守閣《キープ》の最上階の天蓋《てんがい》ベッドで、ユースタスと共に毛皮にくるまって眠った。マリア婆《ばあ》ちゃんと寄り添って眠っていた島での日々を思い出す。毎朝少しずつ寒くなり、自分の吐く息が白くなったのには驚いた。

世界は季節でこんなにも形を変える。

温度も、色も、空気中に漂う湿気も、匂いも何もかも。

「世界？　ここは世界ではありませんよ、全世界のごく一部です」

アルちゃんにそう言われたが、小さな離島で暮らしてきた桜には、輝く地中海はおとぎ話のようだったし、ましてや鬱蒼《うっそう》とした森に囲まれたこの国など異世界だ。

森は毎日変化していた。

熊や狼《おおかみ》が出るから気をつけろと忠告されたが、桜は弓を片手に散策するのを止《や》められなかった。古い樫《かし》の木、ブナ、落葉松《からまつ》。葉は黄金色《こがねいろ》に色づき、赤や薄青も混じる。地面には色とりどりの枯れ葉が積もり、時折、存在を主張するかのように紫色の花が顔を出す。

「あれはイヌサフランですね。欧州《ヨーロッパ》に広く分布《ぶんぷ》していますが、この辺りでは親しみを込めて『秋の娘』と呼ばれています」

その花の愛らしさに目を奪われた桜は、枯れ葉の上に寝転がった。

燃え上がるような紅葉の森、顔のすぐ横には紫色の花。ほのかに甘い匂いがする。樹冠《じゅかん》の間から見える空はどこまでも澄み切って高く、魚の鱗《うろこ》のような雲が浮いている。

ただ薄暗く陰鬱なだけの国かと思っていたら、落ち着いてよく見ると実に美しい。風のそよぎ一つさえ、秋の光を運んでくれる。

「綺麗だねえ」

桜は溜息をついた。

「葉っぱの色が変わるなんて知らなかった。あんな形の雲も初めて見る。空気をいっぱいに吸い込むと、冷たくて肺がびっくりするんだよ、凄《すご》いね」

枯れ葉のベッドがあまりに気持ちよくて、思いついたことをただつらつら述《の》べただけだったが、アルちゃんが感心したように言った。

「熱帯の島で育った桜さんは、季節の変化を初めて見るのですね。紅葉も鱗雲も、あなたにとっては新鮮で、その美しさに嘆息《たんそく》すべきものなのでしょう」

「うん。犬蛇《けんじゃ》の島にもね、綺麗な鳥や蝶《ちょう》や魚はたくさんいたよ。細かい波の模様とか、正午になると海面と貝殻《かいがら》が一斉に光り出すのとかも好きだった。でも、こんな景色は知らなかったの」

「見るもの聞くもの全てが新しく、それを知りたいと思う。知ってしまえば、他にも何か素晴らしいものがあるのではないかと、ますます違う世界へ出たくなる。あなたと話していると、好奇心に満ちあふれていた子供の頃を思い出します」

「アルちゃんにも子供の頃ってあったんだね」

「人間という存在だった時代の話ですがね。窓から差し込む光の筋に埃《ほこり》が舞うでしょう。あの『輝く柱』を何とか折り取って保存できないものかと、四苦八苦したのを覚えています」

「私、その輝く柱って見たことないなあ」

「怒濤《どとう》のような旅の日々でしたからね。ここでしばらくゆっくりしていれば、いくらでも見られるでしょう」

世の中にはまだ、美しいものがたくさんあるのか。

ふと、桜は三月《さんがつ》の言葉を思い出した。

——世界にはまだ夢みたいな食べ物がたくさんあるから、これから美味《おい》しいものたくさん食べようね。

彼が桜に美味しい食べ物を教えてくれるというのなら、桜も彼に美しいものを見せたい。

三月はこの辺りのどこかで生まれたらしい。金色に輝く森を、彼は知っているだろうか？　静かに湧く泉さえ微《かす》かな水音を立てること、水辺で遊ぶ小鳥の羽音《はおと》、枯れ葉が風で擦《こす》れ合う音。静寂の冬を迎える直前、自然が生命力を放出するかのように森を騒がせるのを、彼は知っているだろうか。

夏草《なつくさ》の眠る地へはまだ遠いだろう。

そこは極寒の土地らしいから、冬に旅するのは難しい。春を待って旅を再開すべきだとアルちゃんは言い、三月もそれに賛成した。

——夏草ちゃんが生きてさえいればいい。七百年も探したんだから、一冬ぐらいどうってことなぃよ。


彼は穏やかにそう言ったが、やはり桜は心配だった。

あまりにも寒い土地だと、樹木が凍結《とうけつ》して破裂することがあるそうだ。夏草という人の樹は大丈夫だろうか。多少無理をしてでも旅を進めて、彼を眠りから覚ました方がいいのでは。

そう焦《あせ》るのだが、印刷工場のこともある。

この国で冬を越し、雪解けを待って旅を再開する。それしか方法は無いのだ。

アルちゃんがふと、桜の左腕に目を留めた。

「そのブレスレット素敵ですね。プレゼントですか？」

「うん、三月がブカレストって街で買ったんだって。絶対に肌身離さずつけててね、って言われてる」

「ジプシーの細工物でしょうか。凝《こ》ったデザインですね」

「そうなの？　アクセサリーって初めてつけるからよく――」

ふいに、桜は身を起こした。

何か音がした。

枯れ葉を踏む微かな音。野ウサギほど軽くない。狼にしては慎重すぎる。

桜はアルちゃんの頭に指を当て、そっと懐《ふところ》に押し込んだ。つま先立ちで移動し、樫の樹によじ登る。

太い枝の上で、丸い宿り木の陰に身を隠した桜は、森の奥へと目をやった。

霧が出てきている。

犬蛇の島でもまれに海霧が発生していたが、この国では地上でも密《ひそ》やかに霧がわく。黄金の森が少しずつ白くなっていき、遮《さえぎ》られた光を薄ぼんやりと反射している。気温が一気に下がった。

獲物を狙う豹《ひょう》のように身を伏せ、桜は背中の矢筒《やづつ》へとそっと手を伸ばした。――何かが来る。

白い霧がゆっくりと視界を覆《おお》っていく。

その静かな流れの中で動くものがある。

四つ足でそろりそろりと歩く動物。尻尾《しっぽ》はふさふさしており、耳は尖っている。猫？　いや、だいぶ大きい。

おそらく、桜が初めて見る山猫という生き物だ。用心深い狩人《かりうど》と呼ばれ、人前には滅多《めった》に姿を見せないらしい。

山猫は慎重に辺りを見回していたが、やがて高い声で短く鳴いた。

すると樹のうろから、小さな生き物がよたよたと這い出てくる。数匹の子猫だ。

「可愛い……」

桜が思わず呟くと、桜の懐から顔だけのぞかせたアルちゃんが不審そうに言った。

「この季節に子猫？　ヨーロッパヤマネコの出産は春先のはずですよ、なぜ、秋に子猫がいるのです」

そんなことはどうでもよかった。桜はただ、ふわふわの毛玉じみた子猫たちが母猫に寄り添う姿に見入っていた。猫という生き物はどうしてあんなに可愛いのだろう。鋭い牙《きば》と爪《つめ》を持った肉食獣なのは重々承知だが、人間を虜《とりこ》にするための姿に生まれついたとしか思えない。

山猫の母は霧の中、ゆっくり辺りを見回した。枯れ葉を少し掘ると、地面に腹をつけて座り込む。その伸ばした四肢《しし》の間に子猫たちがぎゅうぎゅうと入り込み、毛玉団子を作った。

「か」

――っわいい。

と、桜が思わず身を乗り出した時だった。

山猫の母がピクリと耳を動かし、こちらを向いた。霧でよく見えないようだが、確かに桜の気配を感じ取ったようだ。

山猫はそろりと立ち上がると、子猫たちを追い立てるようにその場から去って行った。

がっかりした桜だったが、するすると樫の木から降りると、山猫の親子が伏せていた地面へと近づいた。枯れ葉が掘られて緑の草が見えている。

しゃがみ込み、そこに手を当ててみる。

温かい。

霧が出ており、朝には霜が降りるほどの気温だというのに、なぜか地面のこの部分だけ温かくなっている。

「桜さん、どうかしましたか」

「あんなに警戒心の強い生き物なのに、見晴らしの良い、こんな平地に子猫と一緒に寝転んでたのが気になって」

よほど強い肉食獣でもない限り、動物というのは常に身を隠しながら行動する。毛皮の色でカモフラージュもするし、食う側も食われる側も姿を消すことに熱心だ。

だがあの山猫は、最も警戒心の強い子育て期だというのに、無防備にここに寝転んでいた。何かあると思ったのだ。

「どうしてここだけ、地面が温かいんだろ」

「地熱《ちねつ》が発生する要因はいくつかありますが、近くに温泉でもあるのでしょうかね」

桜は枯れ葉に身を伏せた。

霧が途切れると、山猫が踏んだ枯れ葉の道が見える。

音を立てないよう、その足跡を追った。なぜか、山猫が進んだ地面はずっと温かい。

「桜さん、山猫の足跡が分かるのですか」

「分かる。犬蛇の島にはいなかった動物だけど、あのぐらいの大きさの肉食獣は習性が似てるから」

前足と後ろ足を重ねる歩き方。枯れ葉の曲がり具合で体重も大体把握できる。立ち枯れた草をかき分けるように進んでいるのはおそらく、目の良い猛禽類《もうきんるい》に襲われるのを危惧《きぐ》している。

奇妙なことに、山猫が作った獣道はずっと地面が温かかった。

「やはり近くに温泉があるのでしょう。この霧もそこから発生してるのかもしれません」

アルちゃんは、この地熱の恩恵《おんけい》にあずかった山猫が季節外れの子を産んだのだろうと推理した。暖かければ虫も小動物も集まってくる。授乳期《じゅにゅうき》に必要な餌《えさ》をいくらでも得ることが出来る。

桜は夢中になって山猫の跡を追ったが、森も外れが近くなると、アルちゃんが忠告した。

「ここからは斜面です。ただの丘なのか山と呼べるほどの高さなのか、この霧では判断がつきません。引き返しましょう」

「でも、獣の臭いがする。たぶん、山猫の巣が近いの」

「ならばなおさらです。山猫は桜さんが思うよりずっと凶暴ですし、ましてや今は子育て期で最も危険ですよ」

アルちゃんは桜の懐から出ると、わざわざ肩に登ってきて桜の髪を引っ張った。キュッ、キュッ、と警告音を発している。

「熊や狼の巣があるかもしれません。この先に進みたいのならば、せめて三月さんか砂鉄《さてつ》さんと一緒の時にして下さい」

「ゆすたすちゃんじゃ駄目？」

「僕は、ユースタスが狼に大怪我をさせられたことがあると聞きました。彼女は確かに強いですが、集団で襲いかかってくる狼は厄介《やっかい》です。三月さんか砂鉄さん、このラインは譲《ゆず》れません」

「……はーい」

渋々引き返した桜だったが、ふと、アルちゃんに尋ねた。

「温泉っていうのは、温かいお湯のことだよね。島の女たちに聞いたことあるけど」

「はい、とても気持ちがよいものですよ」

お湯がたくさんある状態、というのが桜には想像できなかったが、それに全身を沈めると「最高」らしい。マリア婆ちゃんがそう言っていた。

その晩、桜は三月に頼んだ。

「山猫の巣を探しに行きたいの。ついてきてくれる？」

彼が笑顔の下に焦りを抱《かか》えていることは分かっていた。

七百年も夏草を捜したのだからたった一冬ぐらい、と三月は言ったが、夏草が眠る大体の方角が判明した今、一刻でも早く彼の元へ向かいたいのは明白だ。

だが、桜を連れて真冬の強行軍は無理と考え、三月はこの地に留まっている。少しでも彼の、気を紛《まぎ》らわすことが出来れば。

「もしかしたら温泉があるかもしれないって、アルちゃんが言うし」

「温泉？　あー、桜も四分の一は日本人だから、温泉好きかもね」

桜の父、錆丸《さびまる》も伯父《おじ》の伊織《いおり》も温泉が好きだったらしい。日本には至る所に温泉が湧いており、日本人の温泉好きは生来《せいらい》のものだそうだ。

翌朝、桜が起きるとひどく冷え込んでいた。

「ああ、冬将軍の足音が近づいていますね」

ジャンがそう言い、両手に息を吹きかけた。桜も真似してそうしてみた。寒い場所では自分の息が温かく感じるなんて、今まで知らなかった。

三月が桜の散策に付き添おうとすると、ユースタスも一緒に行くと宣言した。

「獣御前《けものごぜん》たちの食料が足りなくなりそうだ。本物の獣を狩ろうと思う」

「食糧不足を招いてんのはほとんどお前のせいだろうが」

そう言った砂鉄も、山猫探しについてくるらしい。きっとユースタスから目を離したくないのだ。

すると蜜蜂まで、俺も連れて行けと主張し始めた。

「もー俺、優秀だからってこき使われたあげく、この活字ハンコをちまちま並べるの飽き飽きなんだけど！　マジ疲れんだから、ピクニック連れてってよ！」

山猫の巣探しがいつの間にかピクニックということになってしまったが、どうせなら人数の多い方が楽しいだろう。

「これだけ人数がいれば獣も襲ってはこないでしょうね。山猫を探すついでに、息抜きも兼ねた狩猟《しゅりょう》ピクニックと洒落《しゃれ》ましょうか」

ピクニックと聞いたユースタスは張り切って、チーズやハム、パンを用意した。バスケットなどでは足りないので、ジャンが作ってくれた背負子《しょいこ》に食料を詰めている。まるで行商人だが、ユースタスが幸せそうにニコニコしているので誰も何も言わなかった。

桜は三月に言った。

「調理場でバルモシュって料理も作ってもらったよ。この辺りでは『庶民《しょみん》のおふくろの味』だから、伯爵夫人には出したことなかったんだって」

すると、三月はわずかに微笑んだ。

「バルモシュかあ。俺が子どもの頃、どんな味だろって想像してた奴だ。楽しみだよ、桜、ありがとう」

ジャンや伯爵夫人に見送られて城を発《た》ち、一行は森へと入った。

桜が山猫の親子を目撃した、宿り木のある樫のところまで来ると、昨日と同じように霧が立ちこめてくる。

「こっちだよ」

白い霧で立木《たちき》は途切れ途切れにしか見えなかったが、桜は地面に身を伏せ、枯れ葉に覆われた獣道《けものみち》を見つけることが出来た。三月が感心したように言う。

「桜は、トラッキング能力が高いんだね」

「とらっきんぐ?」

「獲物を追う能力のこと。注意力だけじゃなくて、長年の勘が必要になるね」

動物を追う勘にならば、確かに自信がある。山猫が途中で足を止めて後退し、追跡者を惑わそうとしているのもすぐに見抜けた。子猫が四匹いるのも分かる。

桜の案内に従って進むに連れ、森は白くなっていった。

霧の水分が木々にまとわりつき、凍って樹氷《じゅひょう》というものを作っているそうだ。それらが太陽の光を反射し、ほんのり光っている。

黒い幹に、白く光る枝。うっすら輝く地面からは、『秋の娘』の紫色の花が顔を出している。

初めて見る幻想的な光景に桜はしばし、足を止めて見とれそうになった。

「砂糖菓子の群れのようだな。実に美味しそうだ」

ユースタスがそう言うので、桜はいつかこんなお菓子を食べてみたいと願った。

樹氷の森を抜け、昨日、桜とアルちゃんが引き返した斜面にたどり着いた。

登っていくと木々は減り、柔らかいミズゴケに覆われた地面が出現した。

霧が途切れ始め、石灰岩《せっかいがん》の白い岩肌がところどころ剝《む》き出《だ》しになっている。かなりの高さのようだ。

ふいに、砂鉄が無言で片手を上げた。一同がピタリと足を止めると、彼は唇に指を当ててみせる。音を立てるな、ということらしい。

桜が息を飲んで砂鉄を見守っていると、彼は南の方角へと目をやった。

「歌が聞こえる」

「歌？」

桜も耳を澄ませてみたが、歌など聞こえない。風が石灰岩を吹き抜けていく音がするばかりだ。

「歌……いや、祈りか。二キロほど先だ」

「あー、砂鉄が言うならそうだろうなー。耳いいもんね」

三月によると、砂鉄は片目が不自由な分、聴覚《ちょうかく》が鋭いのだそうだ。常人には聞こえない音も感知できるらしい。

蜜蜂も言った。

「俺も聞こえる。砂鉄の兄貴マジで聴覚鋭いんだね」

「はてさて、こんな山の中で祈りを捧《ささ》げているのは誰でしょうね。山猫よりも興味深いです」

ふと、蜜蜂も南へと顔を向けた。

「何か良い匂いする」

「匂い？」

「花の香りみてえなの。分かんね？」

彼にそう言われ、桜は風上へと鼻先を向けた。目を閉じると確かに、微《かす》かな芳香を感じ取ることが出来る。

山猫はいったん捨て置くことにし、祈りが聞こえる方へ一同は向かった。斜面には段々と緑が多くなり、野の花もちらほら咲いている。しゃがんで地面に手を当ててみれば、ほんのりと温かい。

アルちゃんが呟いた。

「『秋の娘』が咲いていませんね。代わりにヒナゲシ、ライラック、カモミール……春の花ばかりです」

「地熱のせいでしょうか。この一帯だけ季節が狂っているかのようです」

ユースタスもしゃがみ込みながら言った。せっせと野草を摘《つ》んでいるので何かと思えば、ハーブの一種らしい。冬眠前の鹿《しか》でも狩って、香草を擦《す》り込んで焼くのだと、夕飯への夢を語っている。

やがて、花咲き乱れる盆地へとたどり着いた。

小さな建物が一つだけあり、近くには羊の群れが草を食《は》んでいる。いつの間にか霧は完全に晴れ、頭上には青空が広がっていた。

石灰岩に座り込んだ羊飼いがパイプをふかしながら、興味深そうにこちらを見ていた。手元には聖画像《イコン》。祈りを唱《とな》えていたのは彼のようだ。

白黒の牧羊犬《ぼくようけん》が一直線にこちらへ向かってきたが、羊飼いが鈴を振ると、すぐに引き返していった。よく訓練されているらしい。桜は未だ触ったことのない「犬」という生き物に興味津々だったが、彼は飼い主以外に愛想を振りまく気は無いようだった。

一行はぞろぞろと羊飼いに近づいた。

桜が代表で言う。

「こんにちは」

「良い日よりですな。もっともここは、いつも春ですが」

「いつも春？」

「なぜか一年中、この盆地だけは春の女神に愛されておりますな。ほら、蜜蜂も喜んでますぞ」

彼がパイプで指した先には、いくつもの養蜂箱《ようほう》が並んでいた。蜜蜂がせわしなく出入りし、いくつもの羽音が合唱している。

桜はクスッと笑った。

「蜜蜂が喜んでるだって。面白いね」

人間の方の蜜蜂にそう言うと、彼は眉を寄せた。

「はあ？　面白いか」

「うん」

羊飼いは建物の中から素焼きの壺《つぼ》を持ってくると、全員に羊のチーズと蜂蜜酒《はちみつしゅ》を振る舞ってくれた。桜は飲めないので蜜蜂に押しつける。

耳元でアルちゃんが囁いた。

「この建物、もとは修道院だと思います。由来を尋ねてくれますか」

咳払《せきばら》いをした桜は、羊飼いに聞いてみた。

「これは修道院ですか？」

「そうですな、古い、ふるーい時代のものだと聞いております。七百年以上も前からここにあったそうで、要塞《ようさい》教会とも呼ばれていたそうですな」

彼はポケットをゴソゴソとさぐり、潰れた丸い帽子を取り出した。修道帽というそうで、祈る時にかぶるらしい。

「学はありませんが、親父や爺《じい》さまから聞いた祈りを唱え、修道士の真似事などしております。常に春の恵みを与えてくれる主《しゅ》に感謝してですな」

彼は修道院の裏手を指さした。

「あちらへ回ってご覧なさい。見事な『春』が広がっていますぞ」

羊飼いに見送られ、一行は蜂蜜酒を片手に修道院をぐるっと回り、裏手へと出た。

眼前の光景に、桜は思わず息を飲む。

「うわあ」

一面の黄色い花畑。

斜面という斜面を覆い尽くすように咲き乱れ、風に揺れている。

「凄《すご》く綺麗！　あれは何て言う花？」

誰にともなく桜が聞くと、答えがあった。

「――菜の花」

三月だった。

どこか呆然とした表情だ。

「菜の花っていうんだよ。そして、あの、樹」

彼の灰色の瞳は、葉の花畑の重なる斜面を凝視《ぎょうし》していた。

奥に、一本の樹がぽつんと立っている。

何の樹だろう。菜の花に囲まれて静かに佇《たたず》み、淡い緑の葉を風にそよがせている。まるで、この修道院を見守っているかのように見える。

ふいに、ユースタスが一歩踏み出した。

右手をスッと前に出すと、その指先から銀の魚が泳ぎ出す。

「えっ」

桜は思わず声をあげた。

彼女の瞳は銀色に輝き、白い指先は佇む樹を真《ま》っ直《す》ぐに指している。

銀魚《ぎんぎょ》が泳ぎだした。

ゆらゆらと尾びれを振りながら、ゆっくりと樹に向かっていく。

その銀魚に導かれるかのように、三月が樹を目指して歩き出した。無言のままだ。

彼だけでなく、その場の誰もが無言だった。

ユースタスの神々しさに打たれたかのように、誰一人身動きもしない。動いているのは銀魚と、それを追う三月、そして蝶《ちょう》、さえずる小鳥。おとぎ話のような光景だ。

樹にたどりついた三月は、幹にそっと手をあて、樹上を見上げた。

木漏れ日《こもれび》が彼の顔に、光と影の優しいまだら模様を落としている。

瞬《まばた》きもせず、呼吸さえ忘れたように樹を見上げる三月を見て、桜はようやく気がついた。

あれは、夏草の樹だ。

遠い北極海沿いにあると思われたものが、なぜこの不思議な春の野に立っているのかは分からない。

だが、三月があんな顔で見つめる樹が、他にあるだろうか。

彼にあれほど、心臓が絞《しぼ》られるような、痛みをこらえるような表情をさせる存在が、他にあるだろうか。

アルちゃんが桜の髪をくわえ、そっと引っ張った。

行け、と言っている。

深呼吸した桜は、弓矢を片手にゆっくり歩き出した。踏みしだかれる菜の花が芳香を放つ。

蝶の着物が黄色い花びらにまみれていく。

夏草の樹に近づいた桜は、三月の腕にそっと手をかけた。

「三月」

「桜」

「起こすね」

三月はかすかにうなずいた。

その横顔は、覚悟を決めているようだった。

夏草はおそらく、三月のことを忘れている。ユースタスが最愛の恋人である砂鉄を忘れたように、七百年も彼を探していた相棒の記憶を失っているだろう。

だが、夏草の樹はここで生きていた。

それだけで三月は十分なのだ。記憶はまた、取り戻せばいい。

桜は再び深呼吸をした。

目を閉じ、ゆっくりと開け、空へと目をやる。今は見えないママの星、金星。力を貸して欲しい。

三月の腕に右手を添えたまま、桜は左の手のひらでそっと樹の幹に触れた。

木漏れ日が桜の頰にも落ちる。柔らかな日差しが心地よい。

そんな場合ではないのに、この樹の下に立つ心地よさに桜は浸《ひた》った。

いったん目を閉じ、心の中で夏草に呼びかけ、静かに瞼を開ける。

――目の前に男が立っていた。

黒髪に黒い瞳。

犬蛇の島に来ていた日本人のユキたちとよく似た容姿だ。

「……夏草、さん？」

「桜」

彼は桜を見て、わずかに微笑んだ。

静かな泉が微風にさざめくような、そんな表情だった。

そして、夏草は三月へと目をやった。

瞬きもせずじっと見つめ、言う。


「三月」


一瞬、三月の目が大きく見開かれた。

微動だにせず夏草を見返している。

やがて、彼は震える唇を開いた。

「……俺を、覚えてるの？」

その声は掠《かす》れていた。

少しでも動けば夏草が消えてしまうとでも思っているのか、固まったまま、ただ彼を凝視している。

「俺のこと、忘れてるんじゃないの？」

すると、夏草はわずかに苦笑した。

「忘れるわけないだろう。お前みたいな、手のかかる厄介なのを」

突然、三月は夏草を抱きしめた。

背骨が折れそうなほどの力で、夏草の後頭部と背中をかき抱《いだ》く。

三月の目から突然、涙がどっと溢れた。

次から次へと溢れ出る涙が彼の頬を濡らし、夏草の肩を濡らし、柔らかい陽の光を受けてきらめいた。

「……っ、なっ、夏草……っ」

「ああ」

「なっ、何で……っ、何でこんなとこ、生えてたの」

涙で喉《のど》を詰まらせながら、三月は言った。

「分かんないよ、こんなとこにいたんじゃ俺、分かんないよ。ぜ、絶対にお母さんの墓のとこにいると思ってたのに」

夏草は三月の背中を抱き返し、軽くポンポンと叩いた。

「なぜだろうな。眠る直前まで、お前が故郷を見つけられるか案じていたからかもしれん」

「……ここ、別に俺の故郷とかじゃないよ。結局、俺の故郷がどこだかなんて、分かんなくて」

「だが東欧のどこかで、『修道院のそばにある菜の花畑』までは覚えてたんだろう。だから似たような光景のここに、生えてしまったのかもな」

「――」

三月はそれ以上、何も言わなかった。

夏草の肩に顔を伏せ、ただ声も無く泣き続けた。

桜も気がつけば、涙ぐんでいた。

三月は今、喜びで泣いている。それが桜にも涙をもたらしている。

気がつくと全員が近くに来ていた。砂鉄も、ユースタスも蜜蜂も。

彼らも黙って、三月と夏草を見つめていた。

七百年ぶりの邂逅《かいこう》が今、果たされたのだ。


蜜蜂は信じられないものを見た。

一本の樹が、人間の男に変わった。桜が触れたとたん枝や葉が縮み始め、人の形になったの

だ。神話で聞く、月桂樹《げっけいじゅ》となった娘が逆再生されて蘇《よみがえ》ったかのようだった。

この話を、どこまで「知らせれば」いいものか。

城に戻った蜜蜂が思い悩んでいると、窓辺に烏《からす》が止まった。——ゾッとする。

この烏は、まさか。

「よくやっていますか」

気がつくと、背後に彼が立っていた。

音も無い。気配も無い。ただ、そこにいる。

蒼眼の瞳で蜜蜂を見据え、うっすら微笑んでいる。いつの間に、この城に。

彼は床に片膝をつき、蜜蜂の右手をとって接吻《せっぷん》をした。臣下の礼。だが、その瞳には恭順《きょうじゅん》も尊敬も、ましてや好意の欠片《かけら》も無い。

「邪眼《じゃがん》殺しの娘はどうですか。秘密は知れましたか」

淡々とした声。脅《おど》すのでもせかすのでもない。ただ、蜜蜂にそう尋ねている。

「……少しは……」

「そうですか。娘に近づけたのは、あなたが半眼《はんがん》だからです。精一杯、利用して下さい」

半眼。

蒼眼の中でも半端な者はそう呼ばれる。常時、力を発揮できず、普段は普通の人間にしか見えない者。蒼眼のおちこぼれ。

自分は彼には逆らえない。近くにいるだけで血の気《け》が引き、体温が下がる。恐怖心を植え込まれているのだ。

彼は蜜蜂に顔を近づけた。孔雀《くじゃく》の羽を一本差し出しながら、静かな笑顔で言う。

「邪眼殺しの娘を籠絡《ろうらく》しなさい。そうすればあなたも、あの人に愛してもらえますよ」

白《びゃく》夜《や》を歩く

薄ぼんやりした太陽が、地平線を這っている。

北極圏の冬では、一日のほんのわずかな時間しか日を拝《おが》めない。それも高く昇ることはなく、真昼、遠い地表でゆっくりと弧を描き地に沈んでいく。海面から気まぐれに顔を出した巨大な生物が、空を見るのに飽きて再び海に潜《もぐ》っていくかのようだ。

三月《さんがつ》は、ダイヤモンドダスト越しの奇妙な落日《らくじつ》をじっと見つめていた。地軸《ちじく》が傾いているから極地《きょくち》の冬はほとんど太陽が出ないという理屈は分かるのだが、やはり異様な光景だ。もう見慣れたとはいえ、冬至《とうじ》の頃には別の惑星に降り立ったような気さえしてくる。

吐いた息がキラキラとした氷の粒となる。睫毛《まつげ》には細かい氷の粒が貼り付いて真っ白になり、瞬《まばた》きするのさえ重たい。

真昼の落日の後、一瞬、世界が真っ青になった。

地元民が「青の時間」と呼ぶ現象で、暮れなずんでいたはずの空が、わずかな時間だけ鮮《あざ》やかに青く輝き、雪と氷で覆《おお》われた大地を染め上げるのだ。

まるで冷たい海のようだった。

この季節、この時間帯になると、三月はいつも溺《おぼ》れているような感覚になる。のしかかる青い大気が水のように感じられ、息苦しい。

ふいに、手に温かいものが触れた。

ソリを引いていたトナカイが、鼻先を擦《こす》り付けてきている。枝分かれした巨大な角《つの》をぐいぐいと押しつけられ、雪上《せつじょう》に転びそうになった。

「ごめんごめん、そろそろ停まるから」

彼にそう話しかけながら、三月は天幕の設営地を探した。地元の遊牧民には、トナカイは家畜で食料なのだからペットのように可愛がるもんじゃないと注意されるが、さすがに数年も一緒に北極圏を旅していると愛着も湧《わ》いてしまう。

「♪ヤラ・イリィは三月生まれ、鷲《わし》の翼が生《は》えている」

鼻歌交じりにトナカイからリードを外し、天幕の準備を始めた。円錐形《えんすいけい》に支柱を立て、トナカイ皮の天幕をかぶせて裾《すそ》を雪で固める。もう何百回と設営したからお手の物だ。

夏草《なつくさ》が眠りについて百年経《た》っていた。

まだ、世界のどこにいるかも分からない。三月は一人、この北極圏の永久凍土地帯《ツンドラ》をさまよっている。

ふいに、乾いた破裂音がした。

弾《はじ》かれたように振り向いた三月は、針葉樹林《タイガ》の方角をじっと見つめた。

この季節には必ず聞こえてくる、あ、あの音。銃声そっくりだ。

続いて空気を裂いてきしむ音、そして巨大な質量が地に倒れ伏せる音。

――あれは、樹木が死んでいく音。


「凍裂《とうれつ》?」

伊織《いおり》に聞き返され、三月はうなずいた。

「うん、極寒《ごっかん》の地だとね、樹木の水分が凍って膨張《ぼうちょう》して、幹が割れたりすんだよね」

樹皮《じゅひ》に裂け目が走るだけのこともある。

だが、巨木の幹が真っ二つになって倒木《とうぼく》することもある。樹はそのまま立ち枯れてしまう。

すると、それまで黙ってグラスを傾けていた砂鉄《さてつ》が言った。

「その音、銃声に似てるのか」

「え、砂鉄も聞いたことあんの?」

「ねえが、ここ数十年、お前が銃声に妙に敏感だからな」

彼がそう言ったとたん、旧アカシ理容店の外側から銃声が響いてきた。そう近くはない。いつもの小競《こぜ》り合《あ》いだ。

三月は首をかしげ、最近の日本では貴重品となった氷を自分のグラスに放り込んだ。

「気象条件によるんだろうけど、北極圏って極端に湿度が低くて乾ききってんのね。そこで樹木が割れると、アサルトライフルの銃撃音そっくり」

まるで、少年兵の頃の自分がお守り代わりに抱いていたあの銃のようだ。

ふいに、元バーだった室内が暗くなった。また停電だ。

三月は軽く溜息をつき、ランプに火を入れた。横浜もそろそろインフラが危うくなってきた。水と食料は備蓄してあるが、バッテリーの予備も増やしておいた方がいいだろう。

桜《さくら》が世界のどこかに送られ、錆丸《さびまる》とユースタス、夏草が眠りについて一世紀。世界は荒れに荒れていた。国境近くの小競り合いや内紛の規模が大きくなり、今や様々な国を巻き込んで世界大戦の様相を示してきた。

日本はまだ国の形を維持《いじ》しており、外地に軍を派遣している状態だが、国内は荒れている。百年前は観光客で賑《にぎ》わっていた横浜も、今や愚連隊《ぐれんたい》が徒党を組んで闊歩《かっぽ》している有様《ありさま》だ。

だが三月は、アカシ夫妻と錆丸、桜が住んでいた旧アカシ理容店に住み続けていた。

一年の大半は北極圏で夏草の樹を捜しているものの、拠点は常にここだ。

あの別れの日からしばらく、三月は不安と焦燥《しょうそう》に駆られていた。ユースタスはすぐにアルハンブラ宮殿で発見できたものの、夏草も錆丸も行方知れずだったのだ。三月と伊織で手分けして二人を捜したが、どこに生《は》えているのかさっぱりだった。

だが三月と違って、伊織の方は飄々《ひょうひょう》としたものだった。

まあどっかにはいるサ、とそう言うのだ。錆丸は絶対に、桜を置いて消えたりしない。世界のどこにいるかは分からないが、娘が七百年かけて成長するまで待ち続けているはずだ。

もしかしたら日本ではなく、金星特急の旅で訪れたどこかの国に生えているかもしれない。

三月はそう提案したが、伊織は外国を捜すのはまだ後でいいと言った。


——しばらくはアカシの両親の側《そば》にいてやりてえのよ。


錆丸を養子にし、その異父兄弟、義兄弟である伊織や三月、夏草までを「息子」と呼んでくれたショウイチとフミエも、もう六十代だった。彼らは最愛の孫娘である桜、そして息子のうち錆丸、夏草といっぺんに別れなければならなかった。

そんな二人が天寿《てんじゅ》を全《まっと》うするまでは側にいて、親孝行でもしてやりてえのよ。

伊織のその言葉を聞いて、焦燥感で追い込まれていた三月も我に返った。

血の繋がらない孫娘、そして息子たちと別れる前夜、アカシ夫妻は泣いていたではないか。

そんな二人を放ったまま、自分は北極圏をうろつくつもりでいたのか。

以前の三月にならば絶対に湧《わ》かない感情だった。夏草以外の人間は本気でどうでもよかったし、いずれ彼と戦場で死を迎える時まで、何となく生きていればそれでいいと思っていた。

だが、ショウイチとフミエは三月に家族というものを与えてくれた。

子どもの頃から、あれほど焦《こ》がれ、でも絶対に手に入らず、自分には縁が無いと諦めきっていたものが、気がつくとそこにいてくれた。親への恩や、家族の愛情が何かは正直まだよく分からない。だが、二人をこれ以上悲しませたくなかった。

三月はアカシ理容店に住むようになった。

ひたすら北極圏を旅し、時々は横浜に顔を出すという生活だったものが、伊織の言葉を聞いて考え直したのだ。

伊織は相変わらずの風来坊《ふうらいぼう》ではあったが、以前と違って横浜からあまり離れることはなく、時々ひょいっと店に顔を出した。そんな夜は決まってフミエが料理の腕をふるい、四人で酒を飲んだ。

ショウイチもフミエも、三月と伊織が側にいるのを喜んでくれた。だが、二人の息子は老《お》いることがない。十年も経てば周囲から不審に思われ出すだろうとの懸念《けねん》も伝えておいた。

するとアカシ夫妻はあっさりと、じゃあ十年経ったら誰も知り合いがいない土地に引っ越そうと言った。「成長しない子ども」だった錆丸を養子にした時も、アカシ夫妻は同じことをしようとしたらしい。大人の三月や伊織と違って錆丸は成長期の少年だったので、二年ほどで周囲に怪しまれ出す。ならば二年おきに引っ越せばいいと考えていたそうだ。

三月は不思議な気持ちで彼らに聞いた。

――俺たちのために、生まれ育った横浜を捨てていいの？

すると彼らは笑った。子どもを諦めていた夫婦に息子がたくさん出来た。一緒にいたいのは当たり前だと。

十年、三月はアカシ理容店で暮らした。ジャーナリストを名乗り、夏期には北極圏をたびたび訪れて夏草の樹を捜したが、冬はずっと横浜にいた。いつの間にか、三月が留守の時には必ず伊織が理容店で寝泊まりするようになっていた。

それから二度、引っ越しをした。一度目はフミエが住んでみたかったという札幌へ、二度目は沖縄へ。二人とも長生きしてくれた。

ショウイチが先に亡くなり、フミエも一年後、後を追うように息を引き取った。三月は伊織と二人、病院でそれを見送った。二人とも、死ぬ間際に言ったのは同じ言葉だった。――ありがとう。

二人の墓は横浜にある。いずれ俺も三月もここに入るのサ、と伊織は言った。今となっては、アカシ夫妻が生きていた頃までは日本もギリギリで平和が保たれていたことが幸いだった。

いま三月は、北極圏を旅しては横浜に戻るという生活を続けている。アカシ理容店の建物は残してあり、そこに一人で眠る。放浪を再開した伊織が転がり込んでくることもあったし、砂鉄も日本での拠点としてたまに顔を出す。お互い情報交換し、ユースタスの安全を確保しつつ、夏草と錆丸を捜し続けた。

百年の間、様々な知り合いの訃報《ふほう》を聞き続けた。もう三人を知る者は誰もいない。

世界は変わり続け、国境も大きく変化し、滅亡した国と誕生した国の数は同じぐらいだ。世《シー》界語《ジェユー》はすでにかなり分裂しており、三月がよく分からない言葉を話す地方も増えてきた。

夏草の故郷辺りはこの百年もずっと静かだったが、年を追うごとに気温が上がっていった。雪解けが早く、例年は二ヵ月ほどしかなかった夏期がどんどん延びた。トナカイ遊牧民の生活も変わり、冬期も商売のために旅を続ける部族が出てきた。

それにともない三月も、冬にも北極圏を捜すようになった。

北風が吹き付ける永久凍土《ツンドラ》をソリで行く。ぽつんと樹が生えているのを見れば、必ず足を止めて調べに行く。

砂鉄はユースタスの樹を見た瞬間、彼女だと分かったのだそうだ。だからお前も絶対に夏草の樹があればすぐ分かると断言された。理屈でも何でもなく、直感でそう思うのだそうだ。

再び銃声が聞こえてきた。

ピクリと自分の前髪が揺れる。月氏《げっし》の頃は聞き飽きていた音なのに、最近はどうしても、樹木の凍裂に聞こえてしまう。

真冬の北極圏で、長く暗い極夜《きょくや》を過ごすようになってからずっと、考えていたこと。

金星《きんせい》の最愛の娘である桜は、世界のどこかに大事に隠されている。錆丸も場所は発見出来ないけれど、金星が安全なところで眠らせているのだろう。

ユースタスが目覚めたのも、元々は要塞《ようさい》だったアルハンブラ宮殿だ。守りやすいし、場所が分かっていればいざという時に掘り起こして避難させることも出来る。

何せ彼女は、金星のお気に入りだ。金星特急の旅を終えても、彼女だけは金星が与えた能力の返還を要求されなかった。彼女の能力は、あと六百年後に成長した桜を守ってくれるだろう。

――だが、夏草はただの人間だ。

金星の実の家族は、錆丸と桜、そして二人と血の繋がっている伊織だけといっていいだろう。そしてお気に入りのユースタスは、能力を存分に発揮《はっき》させるために砂鉄が必要だ。砂鉄を失った彼女がどうなるか想像もつかないぐらい、二人は深く愛し合っている。砂鉄もまた、桜を守るために不可欠なパーツなのだ。

だが、夏草と自分だけはその「必然性」が無い。

いくら口では家族だと言ってみたところで、金星にとっては赤の他人だ。つまり、夏草と自分は代用が効く。腕さえ立てば、あの無慈悲な女神は他の守護者でも構わないだろう。

小さく首を振った。

この考えにとらわれすぎてはいけない。絶望感は目を曇《くも》らせ、夏草の発見を遅らせる。

信じなければ。夏草の樹はきっと、どこかにいる。

戦場と同じだ。心理的に動揺すれば、必ずミスにつながる。月氏でつちかった経験をいかし、自《みずか》らの精神を真っ当に保たなければ、彼を見つけることなど出来ない。

三月はしばらく黙り込んでいた。砂鉄と伊織にじっと表情を見られているのは感じていたが、何を言っていいのか分からなかった。

するとふいに伊織がコン、と煙管《キセル》でカウンターを打った。

「三月、しばらく北極圏に行くのは止《や》めたらいいいんじゃねえかい」

「え」

「ユースタスが連れ合いとの想い出の場所に眠ってたから、俺たちは夏草もそうだろって思い込んでた。大事な母親とのゆかりの場所だとな。でも、もし違ったら？」

「……夏草ちゃんに、俺の知らない大事な場所があったかもってこと？」

無口な夏草にせがんで、三月は何度も彼の母親の話を聞いた。彼の四歳までのわずかな記憶から得られるその聖母像が、身寄りの無い自分のよりどころでもあった。

だから彼が遊牧民だった頃の生活にも詳しいつもりだ。百年前、エミリーという学者の協力も得て夏草の故郷について詳しく調べたし、彼らが遊牧していたルートもほぼ分かっている。

そして月氏に入った彼が三月を拾ってからはほぼ一緒に行動してきたが、自分の知らない夏草の「大事な場所」は全く思いつかない。共に戦い、人を殺してきただけだ。

「夏草ちゃんに故郷以外の大事な場所があったとしたら、月氏に入る前の十年間のことだと思う。でも、あの頃のことはあんまり話したくないって言ってた」

夏草は四歳で母親と死に別れた。その後、ロシア兵に拾われたが彼も行方不明となり、次に中国人の行商人と旅をした。二人とも夏草を幼い息子代わりに扱ってくれたそうで、優しかったと話していた。

だがその後、夏草は奴隷《どれい》として売り飛ばされ、やがて才能を見込まれ暗殺者に仕立て上げられた。それから砂鉄に拾われて月氏に加入したのが十四歳の時。

「月氏以前のことはほとんど聞いたことがないし……砂鉄は何か心当たりある？」

「さあ。俺がビルマで夏草拾った時は、とにかくガキだった記憶しか」

夏草は砂鉄が初めて自分で名付けた月氏で、あまりにも幼い外見だったためそれなりに気にかけていたらしい。だがほとんど口をきかないのと、夏草の方が砂鉄に怯《おび》えていたようなので、構わなくなった。

煙管片手に考え込んでいた伊織が、ふと言った。

「もし、夏草が想い出の場所じゃなくて、トラウマの地に捕らわれてるとしたらどうよ？」

予想外の言葉に、三月だけでなく砂鉄も目を見開いた。

金星からは、錆丸、ユースタス、夏草は世界のどこに生えるか分からない。ただ、あなたたちならきっと見つけられるだろう。そう言われただけだ。

「ユースタスみてえに最高の想い出の場所に生える場合もありゃあ、人生で最も記憶に焼き付いてる場所に生えることもあんのかもしんねえサ。良い記憶が百あったとしても、トラウマ一つで簡単に消せるからな」

「そんな」

夏草のトラウマの地。大事な母の墓より、故郷よりも強く印象に残る場所。

一度だけ、聞いたことが――。

「雲南《ユンナン》だ」

三月は独り言のように呟いた。

「初めて人を殺した場所だって言ってた」

聞いたのは南米だったか。それともアフリカだっただろうか。とにかく少年兵の多い戦場だった。そこで嫌な一仕事を終えた後、珍しく酒に酔った夏草が唐突に「雲南には二度と行きたくない」と言い出したのだ。暗殺者としての初仕事で、悪質な密猟者を手っ取り早く片付けて欲しいとの依頼だったそうだ。

それ以上何も話さなかったので、三月は「じゃああの辺からの依頼来ても断るねー」とだけ返事をした。最初に人を殺した時のことなど全く覚えていない自分には、夏草の本当のトラウマが理解できていなかった。

「ありうるな」

砂鉄もそう言った。

「俺がもし目の前でユースタスをぶっ殺されて、でもその時に復讐できなかったとしたら、絶対にその場所で樹になる。血を吸って生き延びて、七百年後にそいつの子孫ぶっ殺しまくるだろうな」

つまり彼も、ユースタスとの甘い想い出の場所よりは、トラウマの地に生えて報復するだろうと言っている。それがどんなに理不尽な、七百年後の子孫への報復だったとしてもだ。

「雲南ってえと亜熱帯か。ちょいと雪国のこた忘れて、密林で夏草捜しといこうじゃねえかい」


伊織の一言で、三月は真夏の雲南へ向かうこととなった。

そしてなぜか、砂鉄と伊織もついてきた。これまでもどちらかと共に錆丸や夏草を捜索したことはあったが、三人揃うのは久しぶりだ。

雲南で一応の都会と呼べるのはわずかな街だけで、あとは森林や山ばかり、暮らすのはほとんどが少数民族だ。夏草が残した「悪質な密猟者」という言葉だけを頼りに、現地の新聞社で当時の記事を読みあさり、高値で取り引きされていた動物を調べる。

「おそらくこれだな、金絲猴《キンシコウ》って奴だ」

砂鉄が見つけた記事には、金色に輝く猿が載っていた。中国三大珍獣の一つとされており、観賞用はもちろん、貴婦人を飾るために毛皮を狙われたり、霊薬《れいやく》になるとして骨や肉も珍重《ちんちょう》されるらしい。

金絲猴はさすがに名高いだけあって研究も盛んで、生息域の変化も詳しい記録があった。密猟者が狙いそうな場所をいくつか選び、まずは車を乗り継ぎ、最も近い密林を目指す。

途中からは牛車やロバで進んだ。斜面には棚田《たなだ》がびっしり貼り付いており、棚田が真夏の太陽を反射して眩《まぶ》しい。山間は風も涼しいが、森の方からは時折、湿気を含んだ熱風が運ばれてくる。

たどり着いた小さな村では、突然やってきた謎の三人組に驚天動地《きょうてんどうち》となった。そもそも外国人を見たことが無い村人が多そうで、子どもたちはパニックを起こして走り回っている。

砂鉄が鷹揚《おうよう》に言った。

「おら、お前ら存分にたらし込んでこい」

あんまりな言い方だが、要するに三月と伊織に女の子から情報収集をしてこいという意味だ。まあ確かに自分と伊織が揃っていれば、異性の大概《たいがい》からは好意を得られるが。

若い女の子は伊織に任せ、三月は年配の中で最も立派な頭飾りをした女性に近づいた。警戒はされたが、柔らかく丁寧に話せば話は聞いてくれる。三月が差し出した名刺を「読めない」と突っ返されるも、絶滅危惧種《ぜつめつきぐしゅ》の保護活動をしている団体の調査員だと名乗ると、分かったような分からないような顔でうなずかれた。

三月がそれなりの金を渡し、雲霧林《うんむりん》のガイドを一人つけて欲しいと頼むと、村の老人たちはしばらく話し合い、一人の少年を連れてきた。

(――夏草)

七、八歳ぐらいだろうか。あまり瞬《まばた》きをせず、じっとこちらを見上げてくる様が、なぜか見たこともない夏草の子ども時代を連想させる。
だが彼は黒髪に黒い目の、ごくありふれた容姿の子だ。きっと自分は夏草の少年時代のトラウマを思いすぎて、勝手にこの子を彼に重ねているだけだ。

三月はそう自重《じちょう》しようとしたが、砂鉄が驚いたように言った。

「夏草がガキの頃にそっくりだな」

「……ほんと？」

「似てる。目元が特にな」

三人の中で唯一、子どもだった夏草を知っている砂鉄が断言するので、三月は自分の思い違いではないのだと安心した。初対面のこの子に、無条件で好意を抱いてしまう。

「名前は？」

しゃがみ込み、彼と目線を合わせた。自然と笑顔になる。

少年ははにかんだように答えた。

「ユン」

ユンは優秀なガイドだった。雲密林を知り尽くしており、金絲猴の生息地を教えてくれと頼むと、尾根一つ越えた、背の高い樹木が立ち並ぶ場所へと連れて行ってくれた。朽《く》ちかかった展望台や空中廊下が見えるが、昔は金絲猴を目当てに観光客が来ていたらしい。だが治安の悪化や密猟者の激増で寂《さび》れてしまった。

湿気は多いが、高度があるのでそこまで蒸し暑くはない。ただ、空気が常にうっすらと白濁《はくだく》している。霧だ。

「そういや、村の姉ちゃんが密林の霧には気をつけろっつってたな」

伊織が呟く間もなく、辺りは霧に包まれ出した。幾重《いくえ》にも根の割れた熱帯樹に、巨大なシダにまとわりつき、水滴となって降ってくる。雨ではないから、葉を打つ音もまばらだ。

ふいに思い出した。そう言えば夏草も、なぜか霧が嫌いだった。天候の変化で任務中の彼が左右されることはなかったが、休暇中は「白い水に溺れているみたいで嫌だ」と言っていた。

雲南。密猟者。霧。ここはまさか本当に、夏草の「トラウマの地」なのか。

その時、まばらな水滴に混じり三月の耳が微《かす》かな音を捕らえた。——撃鉄《げきてつ》。

とっさにユンを抱き込んで伏せた。同時に砂鉄が馬針《ばしん》を投げると、展望台から人が落ちてくる。明らかに地元の人間ではなく、猟銃を手にしているところを見れば密猟者か。

「伊織、そっちにも一人！」

砂鉄の鋭い声に伊織は走った。慌てて銃を構えようとする敵に構わず突進し、頭突き、心臓、脾臓《ひぞう》と三連発する。二人の密猟者が砂鉄と伊織に制圧される間、ユンは三月の腕の中で硬直していたが、やがてカタカタと小さく震えだした。密猟者は地元の人間に見られると、通報されないよう容赦《ようしゃ》なく射殺する。その恐怖が蘇《よみがえ》ったのかもしれない。

砂鉄がスラリとナイフを抜いた。密猟者を殺し、密林の奥にでも放置するつもりだろう。肉食獣と昆虫と微生物《びせいぶつ》が綺麗な骨にしてくれるはずだ。

三月も今までならそうしたはずだ。この雲霧林には夏草の樹を捜しに来た。密猟者にウロウロされたら邪魔なだけだ。

だが、三月はとっさにこんなことを言った。

「砂鉄、この子の前でそいつ殺さないで」

砂鉄の左目が見開かれた。お願い、と三月が続けると、肩をすくめてナイフを納める。

伊織が苦笑交じりに言った。

「ま、それがよかろうよ。こいつらはふんじばって村に突きだそう」

鼻歌交じりで密猟者を縛り始める伊織を見ても、三月はまだ、さっき自分が言ったことが信じられなかった。

自分は今まで何人殺してきた？　兵士、一般人、大人、子ども、仲間の目の前で——家族の目の前で。感情一つ動かさず、命乞いされてもネズミの鳴き声ぐらいにしか聞こえなかった。

そんな自分が、赤の他人の少年に殺しを見せたくないなどと、甘ったれたことを。お笑いぐさだ。

それから五日間で、三人は五組の密猟者を捕まえた。村人には彼らを閉じ込めておくよう頼んでおき、行政か軍に突き出すのは自分たちで行うことにした。村が密猟者に逆恨《さかうら》みされても困るからだ。――ユンがいる村を。

これだけのハイペースで密猟者を捕らえられたのは、ユンが金絲猴の生息地をよく知っていたからだ。実際、三月も樹上の金絲猴から何度か威嚇《いかく》された。

ユンは無口な少年だったが、ぽつぽつと身の上話も始めた。幼い頃、両親は運悪く雲霧林で密猟者に出くわしてしまい殺された。今は親戚筋の家に厄介《やっかい》になっているが、いずれ都会に働きに出なければならないだろう。彼が親戚からあまり良くない待遇を受けていることは、言葉の端々から感じられた。

そのせいだろうか、ユンを一人前のガイドとして扱い、可愛がる三月は懐《なつ》かれた。密猟者が捕らえられるたび、両親への復讐を果たしてもらっているような気がしたのかもしれない。

「三月。ここに来たのはボランティアで密猟者とっつかまえるためじゃねえからな」

砂鉄にはそう諌《いさ》められた。伊織は苦笑してまあまあとなだめた。

「夏草の樹を捜すついでに、邪魔な密猟者を追っ払《ぱら》ってるだけサ。好きなだけやりゃあいい」

雲霧林に入るようになって六日目、ユンは言った。

「一番悪い人がいるところ、連れてく」

三人は顔を見合わせた。一番悪い人とは誰か、と聞けば、銃を持った男がたくさんいる場所があるという。密猟者グループのアジトだろうか。ならば襲撃して潰すのは手っ取り早いが。

「三人とも強いから」

これまでの三人の戦いぶりを見て、ユンはアジトに案内する気になったらしい。幼い彼は、三月たちが金絲猴の調査という名目で密林を歩いていることも忘れ、完全に「悪い奴らをやっつけてくれるお兄ちゃんたち」と思っているようだ。

まあ、様子だけでもうかがうか、と三人はユンの案内で雲霧林に分け入った。今までよりもかなり奥深く、獣道さえ存在しない。霧に見え隠れするのは苔《こけ》むした大樹ばかりで、たまに鳥の鳴き声が響く。

「こっち」

ユンが潜《もぐ》り込んでいったのは、岩の割れ目だった。ユンは軽々通れるが、三月、砂鉄、伊織ともに苦労しながら入る。ユンが小さな松明《たいまつ》をかざすと、そこは地下の空間となっていた。

「鍾乳洞《しょうにゅうどう》か……」

ペンライトで照らした砂鉄が呟く。三人とも灯《あか》りは常備しているが、節約のため同時には使わないようにしようと決めて進んだ。

鍾乳洞はそう大きくなく、観光資源となるほどの造形でもなかった。垂《た》れ下がる鍾乳石も地味だし、畦石池《あぜいしいけ》もあちこち崩壊している。人が無造作に荒らし、放置されているようだった。コウモリが飛び交っているだけの地下空間だが、いくつか横道もある。

だが曲がりくねった通路を抜けた時、ユンは松明を消し、振り返って唇に指を当てた。そっと前方を指さす。少し広い空間になっており、灯りが漏れている。

（……？）

こんな地下に密猟者のアジトがあるのだろうか。不審に思いながら、三月はユンの背後から空間をのぞき込んだ。小さく息を飲む。

鍾乳洞のホールに、研究室のような施設があった。いくつもの実験器具、冷却装置、保冷庫、フラスコ――そして強烈なライトに煌々《こうこう》と照らされているのは、新鮮な芥子《けし》の花。阿片《アヘン》の精製工場だ。防御眼鏡とマスクでせっせと精製する作業員が十人ほど、そしてその倍の数の銃を持った男たち。

無言で振り返った三月は、砂鉄と伊織にハンドサインで「引き返す」と伝えた。自分たちだけならともかく、ユンがいるこの状況で見つかるのはまずい。

砂鉄と伊織は何も尋ねず、そのまま引き返そうとした時だった。

甲高《かんだか》い猿の鳴き声が洞穴《ほらあな》に響き渡った。

ハッとして見上げれば、天井近くに設置された籠《かご》の中で金絲猴が暴れている。おそらくは、よそ者を見たら叫ぶよう訓練されているのだ。

（――まずい！）

とっさにユンを抱え上げた三月は、砂鉄、伊織と共に元来た道を引き返そうとした。だが、そちらからも銃を持った男たちが雪崩《なだ》れ込んでくる。そう言えば横道があった。

と、なれば。

「砂鉄、伊織、工場に突入する！」

「了《りょう》」

「あいよっ」

三月はユンを抱いたまま阿片工場に飛び込んで行った。一斉に銃を向けられるが、巨大な冷却装置の前に素早く身をかがめると、敵のリーダーらしき男が「撃つな！」と声をあげる。案《あん》の定《じょう》、彼らは大事な工場と精製中の阿片を無駄にしたくないのだ。

砂鉄と伊織が十秒稼《かせ》いでくれれば、自分はユンと共に奥の通路へ逃げ込める。そこにも敵はいるだろうが、広い空間で狙われるよりは戦いやすい。自分の体でユンを守りながら進めば何とかなる。

（──いや、何とかする！）

ユンはおそらく、金絲猴の生息地をさまよっているうちにこの工場を見つけた。この辺りは芥子の世界的生産地として名高い「黄金の三角地帯」も近いし、こうした隠し工場があちこちにあるのだろう。密猟者を装《よそお》っていたのも、おそらくはここの用心棒たちだ。ユンの両親を殺したのも。

ユンは銃を持ったこの人数の敵を、三月と砂鉄、伊織ならやっつけてくれると無邪気に考えた。だからここに連れてきたのだ。

案の定、前方からも敵が突進してきたが、跳弾《ちょうだん》をおそれてかなかなか発砲してこない。ここぞとばかり飛びかかり、ナイフで首筋を切り裂いていく。数日前、砂鉄に「この子の目の前で人を殺さないで」と頼んだばかりだというのに、鍾乳洞に入ってから何人殺したことだろう。

目の端に光が映った。自然光。外に通じる道がある。

ユンの頭をかばいながらその通路に飛び込んだ。人工の階段が取り付けてある。この先に何人いようと突破してみせる。砂鉄と伊織は滅多《めった》なことでは死なないから、あの人数を片付けるのにもそう手間取らないはずだ。地上で合流すればいい。

そう算段した瞬間、三月の耳が不吉な音を捕らえた。

あのカチッという音。戦場で嫌というほど聞いたダイナマイトの発破音。

(通路ごと証拠隠滅《いんめつ》しようとしてる！)

三月がユンの後頭部と胴体をかき抱いた瞬間、体が吹き飛んだ。岩壁に叩きつけられ、落下する鍾乳石に頭や胸を貫《つらぬ》かれる。ゲホッ、と口から吐いた血は粉になった。左脚が潰されているようだが、自分の体ならすぐ復活する。

それよりも――

「ユン！」

さっきまできつく抱きしめていたユンがいない。爆発の衝撃で吹っ飛ばされてしまったか。

起き上がろうとしたが、閉じ込められている瓦礫《がれき》の空間が狭くて身動きが出来ない。

――守れなかった。

自分はあの少年を、子どもの頃の夏草にそっくりだという彼を、守れなかった。

大人の彼の樹も、どこかで凍裂しているのか。それとも山火事で焼けているのか。

急速に意識が遠のいていく。この大怪我でも自分が死ぬことはない。出血もすぐとまるし骨折も復活する。だが、閉じ込められたまま餓死《がし》はありうる。工場が火災を起こし、焼け死ぬこともあるだろう。

どうやったら自分は死ねるのか。朦朧《もうろう》としながらそればかり考えていると、伊織の声がした。

「三月！」

ぼんやりと光が見える。閉じていた空間にわずかな隙間が空き、太陽光と霧が流れ込んでくる。

「三月、聞こえるか！　無事か⁉」

「……だいじょぶだよー」

三月は挟まれていた左脚をさらに砕《くだ》き、無理矢理に瓦礫から引き抜いた。激痛で脂汗《あぶらあせ》が出てくるが、一時間もすれば復活するだろう。

だが、あの小さな穴から這い出すことは不可能だ。地上では砂鉄と伊織が相談しながら瓦礫をどかしているようだが、人力ではまず難しい。こんな密林では重機《じゅうき》も入れないし、脱出は絶望的だろう。

少しずつ穴が広がっていき、砂鉄と伊織の顔が見えるようにはなった。すぐに水の入った竹《たけ》筒《づつ》が投げ入れられる。

「待ってろ、必ず助ける」

彼らの言葉に、三月は笑顔でうなずいた。だが頭の中ではユンのことばかり考えていた。

あの小さな体では即死した可能性が高い。だがもしや、自分と同じように瓦礫に閉じ込められ、怖い思いをしていないだろうか。

（だったら早く、夏草を助けに行かないと）

今まで何度も命を救い、救われてきた。戦場では一蓮托生《いちれんたくしょう》だった。今度は三月が夏草を救う番。それだけのことだ。

「砂鉄、ナイフ差し入れてくれる？　俺の曲がっちゃってる」

「分かった、消毒する」

砂鉄は余計なことは聞かなかった。三月が自分の体のどこかを傷つけ、脱出を図《はか》ろうとしていることを悟《さと》ったのだ。

差し入れられたナイフを受け取った三月は脱出口の幅《はば》を目で測《はか》り、自分の体と比べてみた。細身の女なら通れるほどの長さ、高さはある。

右か、左か。自分は右利きだから、やはり左か。

深呼吸をし、左肩を脱臼《だっきゅう》させた。激痛に耐えながらナイフを押し当て、瓦礫を使ってテコの原理で一気に肩から左腕を切り落とす。

さすがに苦痛のうめき声があがった。

「三月？」

朦朧とする意識の中で伊織の心配そうな声がする。三月は荒い息をしながら、片腕でまず、自分の左腕を穴から外に投げ出した。続いてナイフ。

それから右腕だけで這いずり、頭、左腕の無い肩を穴に通したところで力尽きた。すかさず砂鉄から引っ張りあげられる。

伊織は青ざめた顔で三月の左腕を抱き、呆然と言った。

「お前……」

「その腕、まだくっつくかもしんない。切断面消毒して、試してみて」

息も絶え絶えにそう言った。さすがに砂鉄は冷静で、三月を苔の上に寝かせると、すかさず薬用アルコールで切断面を消毒して、左腕を接着する。

「一応、縫《ぬ》っとくぞ」

その言葉が遠く聞こえ、三月は意識を失った。左肩だけでなく、左脚も潰れていたので耐えられなかった。

目を覚ますと、真横に小さな顔があった。ユンが泣き疲れた顔で三月に添い寝している。聞こえてくるのは健康的な寝息。

——生きてる。

「この子は自力で脱出してきたよ。幸い、大した怪我もしてねえサ」

伊織もどこか優しげな顔で、三月を見下ろしていた。砂鉄は樹にもたれて煙草を吸いながら、周囲への警戒を怠《おこた》っていない。麻薬組織の追っ手がかかることを懸念《けねん》しているのだ。

「左腕、表面上はくっついたみてえだな。神経はどうだか」

「んー……」

三月は右腕でユンの頭を撫でながら、左腕を動かそうとした。微動だにしない。だが、左脚はすでに完全復活しているようだ。

「無茶するねえ、もう少し待ってりゃ、俺と砂鉄で何とか助け出したのに」

「いや、ユンが心配だったし……あと、ある程度までなら切断された体がくっつくの分かってたから」

「——分かってた?」

伊織の声が低くなった。三月はうなずいてみせ、淡々と説明した。

「俺たち特殊な体じゃん。どこまでなら復活できて、どこまでなら駄目なのか時々実験してた」

指の一本ならば簡単にくっついた。手首もくっついたが、丸一日かかった。舌もすぐにくっついたが、今までで一番、痛かった。

「さすがに脳とか心臓とか大事な臓器は傷つけらんないからさ、ちょっとずつ、どこまで大丈夫かなあって思いながら試してたんだよ」

「三月」

伊織から真顔で名前を呼ばれた。

「ん？」

そう答えた瞬間、頬をはたかれた。呆然と伊織を見返すと、今まで見たこともない、怒った顔をしている。

「そりゃ実験じゃねえ、自傷《じしょう》行為って言うんだよ」

——自傷行為。

「夏草が心配なのは分かる。絶望しそうなのも分かる。だけど、自分を傷つけたって夏草は見つかんねえよ」

伊織は深い溜息をつくと、すやすや眠るユンの顔を見下ろした。

「この子が死んだと思って、夏草が死んだように錯覚《さっかく》したんだろ。だから左腕まるごと切り落とすなんて馬鹿な真似したんだよ、お前は」

頭の上にポンと伊織の手が乗せられた。髪の毛をくしゃくしゃにかき回される。

「夏草は大事な相棒だろうが、俺だってお前の兄貴なんだよ。あんまり心配さすんじゃねえサ」

すると砂鉄も無表情に言った。

「ついでに言えば、俺とお前らは運命共同体だ。誰かの戦闘能力が落ちりゃあ、ずるずる全滅もありうる。三月、体は大事にしろ」

彼らしからぬ言葉に、三月はうつむいた。

「……ごめん」

自分はまた、同じことをしようとしていた。夏草が見つからない焦《あせ》りのあまりアカシ夫妻を横浜に残そうとして反省したのに、今また、自暴自棄になりかけて伊織と砂鉄を心配させてしまった。

三月があまりにしょぼくれた顔をしていたのか、伊織は苦笑した。

「まあ、まだ六百年あるさ。夏草と錆丸は気長に捜そうや」


三月の左腕が完全に復活したのは一ヵ月後のことだった。やはり神経系を全て断ち切ってしまうと回復に時間がかかるらしい。その間、砂鉄と伊織が麻薬組織を壊滅させた。

体調が戻ると、三月はユンの案内で雲霧林をくまなく調べたが、夏草の樹はどこにも無かった。ほぼ全ての樹木を把握しているユンが、「百年前に突然生えた樹があったら曾祖父の代で騒ぎになったはず」と言明したので、三月も諦めた。

ユンと別れる時にはずいぶんと泣かれた。三月も離れがたかった。伊織からは「俺たちが老《お》いないとばれない十年までなら、あの子を援助してもいい」と言われたので、時々、会いに行こうと思っている。

再び何度目か分からない北極圏に向かおうとすると、砂鉄と伊織もついてきた。

「目ェ離せねえよ、こんな無茶な弟」

彼は何度も弟という言葉を使った。それまでは名前呼びが多かったのに、三月にことさら、つながりを意識させようとしているようだった。

砂鉄は、グラナダは今安全だしヒマだから、とだけ言った。伊織とは逆に、気まぐれでついて来てやってんだ、という態度を崩さない辺りが彼らしかった。

短い夏が終わろうとする夏草の故郷は、白夜《びゃくや》が眩しかった。一日中、ほぼ明るい。伊織が地図を見ながら言う。

白夜に照らされる海を見つめ、伊織が煙草の煙とともに言った。

「港の様子を見て思ったけどよ、遊牧民や定住村の娘が、寄港《きこう》した船乗りや商人と出来ることも多いみてえだな」

「それが？」

「もし、夏草の父ちゃんが船乗りだったら？」

「――」

「俺ぁ思ったけど、夏草は自分に父親がいないことに何の疑問も持ってなかったんだろ。つまりそういう一族だったんじゃねえのかねえ。父親が誰だろうと、生まれた子は全員で育てるみてえなサ」

もしかして。

もしかして夏草は、まだ見ぬ父親の故郷にいる？　もしかして、知らない場所に生えることも出来る？

もしかして、もしかして、それればかりだ。伊織の言うこともただの推測に過ぎない。――でも、夏草を捜すべき範囲はもっともっと広いのかもしれない。

「ありうるな。夏場は北極海の交易《こうえき》ルートが活発化するし、夏草の父親が遠いシベリア辺りから来ていた可能性はある。――見ろ」

砂鉄が煙草の先で薄ぼんやりした空を指さした。

太陽の周りに奇妙な輪が出来、さらに放射状の光が走っている。

「幻日《げんじつ》、って気象現象だ。幸先《さいさき》いいんじゃねえのか、三月」

彼のぶっきらぼうな慰めに、三月は思わず笑ってしまった。この超現実主義者の男が、ただ太陽に輪っかが出来ただけで「幸先いい」だなんて。

「だね。あれ、ちょっと十字架にも見えるよ」

東の空に放射光が見える。夏草がもっと遠い東にいるのかもしれない。いま自分たちが目指すべきはあの十字架の方角だ。

三人は白夜の大地を歩き続けた。何百年続こうと、この幻日は忘れられない光景になるだろう。三月はそう思った。

あとがき

嬉野君

こんにちは、嬉野《うれしの》君《きみ》です。

二巻が出たぞー！　ついこの間に一巻出たような気がするのに、連載が始まると早い早い。ドラム式洗濯機の中で回転しながら小説書いてる気分です。

今回の書き下ろしは三月《さんがつ》が砂鉄《さてつ》、伊織《いおり》と旅する話ですが、担当さんの感想は「伊織が意外に常識人でビックリしました。あ、伊織は狂犬は狂犬でも情緒の安定した狂犬だからですね」でした。情緒の安定した狂犬っていう矛盾した言葉、「ノンアルコール酎《ちゅう》ハイ」「酔わないウメッシュ」みたいですね。それにしても情緒不安定な狂犬（三月）と情緒は安定してるけどやっぱり狂犬（伊織）と共に何百年も過ごさなければならない砂鉄は大変ですね。そのうちきっと、ハンドラーとしての資質を開花させていくでしょう。

　さて、後書き名物・読者様のご質問にお答えするコーナー行きます。名物っていうか、後書きのネタに困ってネットで募集したものですね。一巻後書きに入りきらなかったものです。

○ユースタスの名前の元ネタは？　↓　「ナルニア国物語」のユースタス・スクラブ君です。子どもの頃にこのシリーズ読んで、やな奴だけど名前は綺麗だなって印象に残ってました。

○新キャラ蜜蜂《みつばち》くん、若干《じゃっかん》うさんくさいですが大好きです。ボケの多いメンバーの中で大事なツッコミ役ですね！　↓　前作では怒濤《どとう》のツッコミ役だった砂鉄がユースタス以外完全スルーに回ったので、蜜蜂はこれからボケ拾うので忙しくなりそうです。頑張って！
○ユースタスの乳母ノラの故郷はアイルランドのイニシュモア島では？　↓　大正解です！　このご質問の方はアイルランドを二度訪れているそうですが、「風景描写が懐かしい」とおっしゃって頂けて、嬉しいな〜。

さて、この後書きのページめくったらね、何と何と、高山《たかやま》しのぶ先生がツイッターで上げて下さった漫画が掲載されてます！　これまでのオマケペーパー漫画(画集に収録されています)は私がネタ出し↓高山先生が漫画に、という流れだったのですが、今回は完全に高山先生のお手によるものです。ご本人は「二次創作」とおっしゃってますが、これ、私が桜《さくら》と三月のセリフ書いたのか…？　って錯覚しそうになるぐらい、キャラそのままで凄《すご》い！　そして嬉しい！ツイッターでこの漫画拝見した時は、思わず「ひいい」って声あげて拝《おが》んでしまいましたよ。本当に有りがたい限りです。ちなみに高山先生のお気に入りは三月と蜜蜂だそうですよ。
最後に、いつも応援して下さる読者様方、本当にありがとうございます。頂くお手紙やメール、ツイッターのレス、ぜーんぶ私のご飯です！　もりもり食べて消化して血肉とし、頑張って小説書いてます。これからも桜の旅にお付き合い頂けますように。

嬉野君

おまけマンガ◆高山しのぶ

……
…三月《さんがつ》？
パチ
パチ
あれ桜《さくら》 どうしたの
目覚めちゃった？
パチ
パチ
うん 私もそこ座っていい？
どーぞ 寒くないようにね
三月は眠くない？ 夜番かわる？
ぽすっ
大丈夫
眠くなったら砂鉄《さてつ》と交代するし
ここのところ三月のほうがいっぱい夜番してる
そうだっけ？ そんなことないっしょ

ぽす
よしよし
いい子
夏草《なつくさ》さんは大丈夫だよ
三月
くす
親子で俺に甘いのそっくり！
一緒にねよっか～
ん？
ムギュッ

WINGS・NOVEL

【初出一覧】
恋文乞いの獣と花：小説Wings '20年秋号（No.109）掲載のものに加筆修正
誰そ彼のアレクサンドリア：小説Wings '21年冬号（No.110）掲載
白夜を歩く：書き下ろし

この本を読んでのご意見、ご感想などをお寄せください。
嬉野 君先生・高山しのぶ先生へのはげましのおたよりもお待ちしております。
〒113-0024　東京都文京区西片2-19-18　新書館
[ご意見・ご感想] 小説Wings編集部「続・金星特急　竜血の娘②」係
[はげましのおたより] 小説Wings編集部気付○○先生

続・金星特急　竜血の娘②

著者：嬉野 君 ©Kimi URESHINO
初版発行：2021年9月25日発行

発行所：株式会社 新書館
［編集］〒113-0024　東京都文京区西片2-19-18　電話 03-3811-2631
［営業］〒174-0043　東京都板橋区坂下1-22-14　電話 03-5970-3840
［URL］https://www.shinshokan.co.jp/

印刷・製本：加藤文明社

ISBN978-4-403-54231-2 Printed in Japan

SHINSHOKAN